EL CORONEL NO TIENE QUIEN LE ESCRIBA

LITERATURA

ESPASA CALPE

GABRIEL
GARCÍA MÁRQUEZ

EL CORONEL
NO TIENE QUIEN
LE ESCRIBA

Introducción
Joaquín Marco

COLECCIÓN AUSTRAL
ESPASA CALPE

Primera edición: 27 -   V   - 1986
Segunda edición: 3 -   XI - 1986
Tercera edición: 7 -   IX - 1987
Cuarta edición: 26 -   V   - 1988
Quinta edición: 27 -   II - 1989

© *Gabriel García Márquez, 1961, 1986*

© *De la introducción: Joaquín Marco, 1986*

© *De esta edición: Espasa-Calpe, S. A., Madrid, 1986*
—
Maqueta de cubierta: Enric Satué
—
Depósito legal: M. 6.289—1989

ISBN 84—239—1845—9

Impreso en España
Printed in Spain

Talleres gráficos de la Editorial Espasa-Calpe, S. A.
Carretera de Irún, km. 12,200. 28049 Madrid

INDICE

INTRODUCCIÓN

«EL CORONEL NO TIENE QUIEN LE ESCRIBA» A LA LUZ DE GABRIEL GARCÍA MÁRQUEZ

EL CORONEL NO TIENE QUIEN LE ESCRIBA fue redactado por Gabriel García Márquez en París a lo largo de 1956. En enero de 1957, dio por finalizada esta breve novela que había sido reescrita hasta nueve veces. Germán Vargas recibió el manuscrito [1]. Éste pasó a Jorge Gaitán Durán, director, por entonces, de la revista *Mito,* una de las más significativas revistas culturales latinoamericanas de la época. Se publicó por vez primera en sus páginas (mayo-junio de 1958) y fue reeditada posteriormente en el número especial navideño de la revista *Cromos.* En 1961, el librero

---

[1] Era el mentor del grupo de Barranquilla del que formó parte Ramón Vinyes, (1882-1952) «el sabio catalán» emigrado ya desde 1913 a aquella ciudad, en la que abrió una librería y llegó a dirigir la revista *Voces.* De la amistad de G. García Márquez con Vinyes quedó clara constancia en *Cien años de soledad.* La obra cuentística de Vinyes ha sido reunida en *A la boca dels núvols* (México, 1946, y Barcelona, 1984) y *Entre sambes i bananes* (1985).

y editor antioqueño Alberto Aguirre la publicó por vez primera en forma de libro, por cuya edición cobró su autor 500 pesos. La tirada no alcanzó los 1.500 ejemplares. En el mismo año García Márquez había sido galardonado con el Premio Literario Esso por su novela *La mala hora.* Sin embargo, la importancia del escritor había sido ya entonces reconocida por la crítica de su país.

En un curioso y raro artículo, Francisco Posada, en la revista *Letras Colombianas* (núm. 0, Bogotá; enero-febrero de 1965), titulado *Ideas sobre la cultura nacional y el arte realista,* bajo un enfoque ortodoxamente marxista, señala: «el escritor joven más destacado es sin duda Gabriel García Márquez. Con él la épica nacional se ha colocado en un plano similar al que tuvo con *La Vorágine* y con los mejores cuentos de Carrasquilla». Y, más adelante, considera que es precisamente EL CORONEL NO TIENE QUIEN LE ESCRIBA su obra más conseguida. En tanto que en *La hojarasca* «se sirve de una técnica relativamente inapropiada», EL CORONEL «es estilísticamente el mejor arte literario». Volveremos después a ocuparnos, por otras razones, del significativo artículo de Francisco Posada (nacido en 1934). La breve novela de García Márquez ha sido casi unánimemente preferida por la crítica, junto a *Cien años de soledad,* aunque no siempre ocurrió así. Plinio Apuleyo Mendoza recuerda «haber tenido durante largo tiempo una copia del manuscrito, en hojas amarillas. La enseñé a personas que habrían podido facilitar su publicación, pero éstos parecían no advertir sus calidades literarias» [2]. Hoy resulta difícil no advertir en EL CORONEL NO TIENE QUIEN LE ESCRIBA los rasgos que definen el mundo novelesco de su autor, olvidar que el autor de esta novela es, asimismo, el narrador de *Cien años de soledad*. Pero sería, sin embargo, simplista reducir la obra del premio Nobel colombiano a un mero antes y después olvidando independientemente las aportaciones de cada una de sus obras. Se le presentan al crítico dos opciones radicales: aislar el objeto del análisis o entenderlo como una vía para alcanzar la «obra», en este caso *Cien años de soledad*. Ambas opciones no resultan válidas. El propio García Márquez ha mostrado en diversas ocasiones opiniones contradictorias sobre sus preferencias. Ha destacado, por ejemplo, *El otoño del patriarca* o se ha inclinado por EL CORONEL NO TIENE QUIEN LE ESCRIBA o por *Crónica de una muerte anunciada*. Al lector puede ocurrirle otro tanto. Sin embargo, el novelista sitúa EL CORONEL NO TIENE QUIEN LE ESCRIBA junto a *La mala hora* y algunos cuentos de *Los funerales de la Mamá Grande* por haber sido «inspirados en la realidad de Colombia» y «por su estructura racionalista... determinada por la naturaleza del tema», aclarando a continuación: «No me arrepiento de haberlos escrito,

---

[2]   Gabriel García Márquez y Plinio Apuleyo Mendoza, *El olor de la guayaba*, Barcelona, 1982, págs. 96-97.

pero constituyen un tipo de literatura premeditada, que ofrece una visión un tanto estática y excluyente de la realidad. Por buenos o malos que parezcan, son libros que acaban en la última página. Son más estrechos de lo que yo me creo capaz de hacer» [3].

Las declaraciones literarias de García Márquez no acostumbran a ser muy abundantes, incluso cuando se refieren a su propia obra; pero advertimos en la cita anterior algunas claves que nos permiten adivinar cuál es la concepción que el novelista se ha forjado de su propia creación. Pese a su elementalidad, hay en algunos críticos un criterio «espacialista» que delimita su naturaleza.

Entiéndase que aquí se distinguen obras que no se diferencian por transcurrir o no en *Macondo* (la geografía imaginaria de Gabriel García Márquez, aunque no la única), sino por su relación con la «realidad de Colombia». Pero el espacio no es el único criterio válido y por ello enumera también otros: la estructura racionalista, la literatura premeditada, la visión estática y excluyente de la realidad, su naturaleza cerrada. Algo negativo flota sobre ellos. El autor considera que no son suficientemente amplios. Los siente «estrechos» frente a otra zona de su obra. Esta concepción autocrítica permite advertir que será precisamente en la otra zona más imaginativa donde el autor se sentirá más a gusto.

---

[3] G. García Márquez y Plinio Apuleyo Mendoza, *ob. cit.,* página 82.

EL CORONEL NO TIENE QUIEN LE ESCRIBA parece, a los ojos de su autor, próximo al realismo, a la literatura «comprometida». La novela fue escrita en París, la mítica ciudad de Cortázar, en años en los que el colonialismo francés perdía lentamente su última batalla: la guerra de Argelia, y al tiempo que las potencias occidentales intervenían directamente en Suez (hecho del que queda constancia en el relato). La intervención soviética en Hungría merecería un tratamiento distinto. Su posterior viaje a Hungría le llevaría a la conclusión de que el socialismo puede solucionar políticamente sus propias contradicciones. La crítica contra el estalinismo responde al espíritu que renovaría en aquellos años el ejercicio del poder ·en la URSS. García Márquez no condena por entonces explícitamente la intervención soviética y expresa sus simpatías por el dirigente húngaro Janos Kadar. La mayoría de los intelectuales franceses de izquierda, con Jean Paul Sartre como motor, se manifestaban públicamente contra tales hechos. García Márquez ha dejado constancia de su estado de ánimo en aquella Francia convulsa en la que se sentía un extranjero: «Gabriel ha dicho alguna vez que de cada ciudad donde ha vivido guarda una imagen más durable que otras. La de París es triste: "Había sido una noche muy larga, pues no tuve donde dormir, y me la pasé cabeceando en los escaños, calentándome en el vapor providencial de las parrillas del metro, eludiendo los policías que me cargaban a golpe porque me confundían con un argelino. De pronto, al amanecer, se acabó el olor de coliflores hervidas, el Sena se detuvo, y yo era el único ser viviente entre la niebla luminosa de un martes de otoño en una ciudad desocupada. Entonces ocurrió: cuando atravesaba el puente de Saint-Michel, sentí los pasos de un hombre, vislumbré entre la niebla la chaqueta oscura, las manos en los bolsillos, el cabello acabado de peinar, y en el instante en que nos cruzamos en el puente vi su rostro óseo y pálido por una fracción de segundo: iba llorando"» [4]. Esta evocación literaria refleja una situación reiterada en los escritores latinoamericanos. París es paso obligado y doloroso y, en ocasiones, final de una penosa lucha contra la soledad y el hambre, como testimonian los versos del peruano César Vallejo. Sin embargo, también, Julio Cortázar o Mario Vargas Llosa recalaron, como hubiera hecho en su día Rubén Darío, en la capital francesa. Pero las circunstancias vitales de García Márquez eran, en aquel entonces, peculiares. En el verano de 1955, el novelista, redactor del periódico *El Espectador,* había sido enviado como corresponsal a Ginebra para comentar la conferencia que iban a celebrar los Cuatro Grandes. Una nota del día 13 de julio daba cuenta de sus proyectos europeos: «Después de "cubrir" la información sobre la Conferencia de los

---

[4] Gabriel García Márquez y Plinio Apuleyo Mendoza, *ob. cit.,* pág. 96.

"Grandes" en Ginebra, Gabriel García Márquez viajará a Italia, para asistir al próximo Festival Municipal de Cine, en Venecia. Luego permanecerá algún tiempo en París y otras ciudades europeas, antes de su regreso a Colombia» [5]. Posiblemente tras Venecia y Viena viajó a Checoslovaquia y Polonia. Es éste un viaje significativo desde el punto de vista político, aunque, por razones circunstanciales, el testimonio periodístico no vería la luz hasta 1959 en la serie titulada *90 días en la Cortina de Hierro,* que publicaría en la revista *Cromos* y en *Momento.* Un nuevo viaje a los países del Este lo había realizado en 1957 en compañía de Plinio Apuleyo Mendoza y su hermana Soledad [6]. A fines de febrero de 1956, llegaría a París, pero la dictadura del general Rojas Pinilla había implantado la censura de prensa y a través de diversos métodos había silenciado la prensa de oposición. Entre los periódicos afectados se hallaba *El Espectador.* El breve respiro que supuso la corta vida de *El Independiente* finalizó el 15 de abril. Con el dinero que le enviaron para el pasaje de regreso, García Márquez prefirió permanecer en París. Su situación laboral había variado. Gracias a Plinio Apuleyo Mendoza, que fue encargado de la coordi-

---

[5] En Gabriel García Márquez, *Obra periodística,* vol. 4. *De Europa y América (1955-1960),* recopilación y prólogo de Jacques Gilard, Barcelona, 1983, pág. 8.

[6] Sobre el problema textual de las crónicas mencionadas, véase Jacques Gilard en su prólogo a Gabriel García Márquez, *Obra periodística,* 4, págs. 42-43.

nación del semanario *Elite* de Caracas, comenzó una colaboración que finalizaría cuando su amigo abandonara la revista en marzo de 1957. Sus otros amigos de Barranquilla le ayudaron también económicamente.

Mientras concluye la redacción de EL CORONEL NO TIENE QUIEN LE ESCRIBA, Gabriel García Márquez se encuentra en París esperando las cartas de sus amigos que pueden resolverle su situación económica y laboral. Como el viejo coronel, el escritor está pendiente del correo. Pero, además, según su propia confesión, en este París —paso literario vital casi inevitable— se le toma a primera vista por un argelino. En aquella lucha anticolonial en la que García Márquez había tomado partido, el escritor se identifica con la víctima. Pero la solidaridad de las víctimas conseguirá la victoria. Solidario, pero solitario, García Márquez escribe su metáfora de la soledad y de la solidaridad colombianas. La fábula es así entendida en 1965 en el artículo ya mencionado de Francisco Posada: «el protagonista, despojo humano de una guerra civil, espera la carta que le comunique que ya se le otorgó su pensión de retiro. La carta no vendrá y eso se sabe con seguridad; pero el coronel la aguarda, porque esa carta es su vida. Y su vida está paralizada porque sólo aguarda. Este círculo vicioso se alimenta de un tensísimo ambiente social, donde las miasmas de la reciente violencia política se filtran por todas partes. Donde la violencia es explotación económica y vehículo de enriquecimiento; es decir, nuevos privilegios sobre los viejos privilegios. La violencia, por otra parte, aparece acá desnuda como un puñal, sin color político... La existencia social en Colombia ha sufrido un tal encogimiento y se ha petrificado hasta tal punto, que todo es repetición, continuo retorno. La vida pierde abundancia y se ha vuelto esquemática, casi muerta». Más adelante intentaremos mostrar que este análisis es parcial; pero no cabe duda de que subyacen en esta novela rasgos de una singular realidad colombiana. Es, en este sentido, una obra «premeditada» y «cerrada» como seguirá siéndolo *Crónica de una muerte anunciada* (1981), «trastocamiento de las piezas que componen cierta estructura literaria» [7]. A diferencia de *Cien años de soledad* o *El otoño del patriarca,* cuyas estructuras cíclicas parecen desde una superficial lectura —aunque es discutible que lo sean— abiertas, EL CORONEL NO TIENE QUIEN LE ESCRIBA es un relato lineal. Algunos críticos la integran en lo que viene denominándose «narrativa de la violencia colombiana», ciclo de inferior calidad en su conjunto a la novela «de la revolución mexicana». Hernando Téllez había publicado en 1950 una colección de relatos titulado *Cenizas para el viento.* En Barranquilla, y en relación con el grupo del que formaba parte inicial-

---

[7]   Kathleen N. March, «Crónica de una muerte anunciada: García Márquez y el género policiaco», en *INTI. Revista de Literatura Hispánica,* Providence College, 16-17, otoño de 1982-primavera de 1983, pág. 64.

mente García Márquez, vivía entonces Daniel Caicedo, autor de *Viento seco,* libro que por razones de censura permanecía todavía inédito. El más destacado representante de esta temática es Eduardo Caballero Calderón, autor de *Siervo sin tierra* (1954) y *El Cristo de espaldas* (1953).

Gabriel García Márquez dedicó un artículo al tema, *Dos o tres cosas sobre la novela de la violencia* (octubre de 1959), donde plantea certeramente la problemática literaria que ésta conlleva. Una pregunta oyen con frecuencia los escritores: «¿Cuándo escribe algo sobre la violencia?» O también un reproche directo: «No es justo que cuando en Colombia ha habido 300.000 muertes atroces en diez años, los novelistas sean indiferentes a ese drama». Frente a esta consideración argumenta que: *a)* «la invención tiene muy poco que ver con las cosas que escriben»; *b)* «todas las novelas de la violencia... son malas»; *c)* «no parece que algún escritor profesional, técnicamente equipado, haya llegado a ser testigo de la violencia»; *d)* *La peste,* de A. Camus, y *El viejo y el mar,* de E. Hemingway, constituyen claros modelos literarios. Y cita a Hemingway cuando escribió: «la obra literaria es como el "iceberg": la gigantesca mole de hielo que vemos flotar, logra ser invulnerable porque debajo del agua la sostienen los siete octavos de su volumen»; *e)* «quienes vuelvan alguna vez sobre el tema de la violencia en Colombia tendrán que reconocer que el drama de ese tiempo no era sólo el del perseguido, sino también el del perseguidor». La «novela de la violencia» sustituía el imposible periodismo, la información ocultada por la censura. La literatura se convertía, de este modo, en el sustituto de un género (la información, el comentario, la crónica periodística).

Gabriel García Márquez no parece desdeñar la oportunidad temática. Pero sus observaciones vienen después de haber comprobado que aunque EL CORONEL NO TIENE QUIEN LE ESCRIBA asienta sus raíces en la violencia, presente en el relato, va más allá de una mera concepción testimonial.

LA NOVELA DE LA SOLEDAD
Y DEL TIEMPO

«Antes de escribir *Crónica de una muerte anunciada* sostuve que mi mejor novela era EL CORONEL NO TIENE QUIEN LE ESCRIBA..., me parecía la más invulnerable de mis obras»[8], declaró Gabriel García Márquez. El escenario no es aquí Macondo, sino otro pueblo de la costa colombiana al que se llega sólo en barca. Pero el novelista considera la soledad como el eje de su producción. En *La hojarasca;* en *La mala hora;* en *El otoño del patriarca;* naturalmente en *Cien años de soledad* y también en EL CORONEL NO TIENE

---

[8] Gabriel García Márquez y Plinio Apuleyo Mendoza, *ob. cit.*, pág. 89.

QUIEN LE ESCRIBA: «también está la soledad en el personaje del coronel, con su mujer y su gallo esperando cada viernes una pensión que nunca llega» [9]. Ya desde comienzos de la novela se precisa en pocas páginas que «durante cincuenta y seis años —desde que terminó la última guerra civil— el coronel no había hecho nada distinto de esperar». Un muerto anunciado y diversas precisiones temporales —1922—: «nació... exactamente un mes después de nuestro hijo»; «eran las siete y veinte»; «escampó después de las nueve», irán jalonando el relato. Algunas referencias históricas permiten fechar la redacción de la obra: «Noticias internacionales. Arriba a cuatro columnas, una crónica sobre la nacionalización del canal de Suez». Y algunas páginas más adelante: «—Todavía el problema de Suez —dijo, leyendo los titulares destacados—. El occidente pierde terreno». Esta última reflexión contribuye (aunque sea a través de una mera alusión) a destacar el punto de vista del narrador, quien decididamente toma partido. El tiempo se define mediante signos. «A las once sonó el clarín»; «poco antes de las doce»; «diez años de informaciones clandestinas». Son abundantes también las referencias al pasado: «diecinueve años antes»; «dos años antes». El tiempo permite describir la omnisciencia del narrador: «casi sesenta años des-

---

[9] *Ídem*, pág. 78.

pués». Se precisa la fecha del tiempo del relato: «—¿A cómo estamos hoy? / —27 de octubre.» El coronel parece dominar a su antojo el tiempo. El abogado intenta convencerle de que es casi imposible recuperar la documentación: «—Será cuestión de siglos. / —No importa. El que espera lo mucho espera lo poco.» También las cosas poseen su tiempo propio. Los zapatos «tienen cuarenta años». La precisión en el tiempo posee un marcado carácter surrealista. El coronel abandonó Macondo «el miércoles veintisiete de junio de mil novecientos seis, a las dos y dieciocho minutos de la tarde». También se utiliza la exageración. El sirio Moisés: «Si ahora fuera lo mismo yo tendría ochocientos noventa y siete años. ¿Y tú? / "Setenta y cinco", dijo el coronel.» Con este sistema indirecto se precisa a la vez la edad del coronel. Aparece también definido el tiempo sicológico interno del protagonista: «tenía deseos de olvidarse de todo, de dormir de un tirón cuarenta y cuatro días y despertar el veinte de enero a las tres de la tarde, en la gallera y en el momento exacto de soltar el gallo».

No acaban aquí las referencias temporales. Se manifiestan las relaciones entre el ciclo de las estaciones y el estado del cuerpo. Desde el comienzo del relato las dificultades de la vejez se corresponden con los meses del año: «el coronel experimentó la sensación de que nacían hongos y lirios venenosos en sus tripas. Era octubre». Un pensamiento fatalista le hace considerar: «Octubre era una de las pocas cosas que llegaban». Existe también una conciencia temporal colectiva en relación con los meses del año. Por ejemplo, las peleas de gallos se dan en enero. También el correo se reparte los viernes. Las conmemoraciones son prefijadas: «El dos de noviembre —contra la voluntad del coronel— la mujer llevó flores a la tumba de Agustín.» El tiempo sicológico puede resultar más dilatado que el real. Porque la semana que siguió a la visita de la mujer al cementerio «fue una semana dura. Más dura que las cuatro semanas de octubre a las cuales el coronel no creyó sobrevivir». El instante que espera ante la puerta de don Sabas se convierte en «los cinco segundos más largos de su vida». El cuerpo humano resulta afectado por los ciclos naturales: «—Tengo los huesos húmedos —dijo. / —Es el invierno —replicó la mujer.» Existe una conciencia de la autodestrucción natural: «Nos estamos pudriendo vivos». La lluvia y el mes de octubre le producen los ya conocidos trastornos: «en el curso de la semana reventó la flora de sus vísceras». Los síntomas de sus desarreglos intestinales se exponen con un deliberado naturalismo: «Tenía fiebre. Se sintió flotando en círculos concéntricos dentro de un estanque de gelatina... Su cabeza giraba todavía en círculos concéntricos. Sintió náuseas. Salió al patio y se dirigió al excusado a través del minucioso cuchicheo y los sombríos olores del invierno. El interior del cuartito de madera con techo de zinc estaba enrarecido por el olor amoniacal del bacinete. Cuando el coronel levantó la tapa surgió del pozo un vaho de moscas triangulares. / Era una falsa alarma. Acuclillado en la plataforma de tablas sin cepillar experimentó la desazón del anhelo frustrado. El apremio fue sustituido por un dolor sordo en el tubo digestivo. "No hay duda", murmuró. "Siempre me sucede lo mismo en octubre".» En pocas ocasiones la literatura había descendido a tales detalles. Pero la minuciosidad de la descripción aparece tratada literariamente y responde casi a la sintomatología del tratado médico.

También la naturaleza toda se suma a la lenta descomposición del hombre: «los almendros de la plaza soltaban sus últimas hojas podridas». Octubre parece un mes nefasto: «Octubre se había instalado en el patio. Contemplando la vegetación que reventaba en verdes intensos, las minúsculas tiendas de las lombrices en el barro, el coronel volvió a sentir el mes aciago en los intestinos.» La llegada de diciembre se convierte en una fiesta para los ojos y un descanso para el cuerpo: «No necesitó abrir la ventana para identificar diciembre. Lo descubrió en sus propios huesos cuando picaba en la cocina las frutas para el desayuno del gallo.» E incluso aclara más adelante: «Diciembre había marchitado la flora de sus vísceras». No es éste el único síntoma de una decadencia cuidadosamente descrita. Cuando el coronel pregunta a su mujer si quiere café, al comienzo del relato, ésta le interroga, a su vez, con una mera enunciación no interrogativa «—Y tú —dijo». Más tarde el narrador lo justificará: «los trastornos respiratorios la obligaban a preguntar afirmando». El amor entre los esposos se manifiesta en los pequeños detalles cotidianos, como cuando el coronel disimula su estado febril: «No era fiebre —mintió—. Era otra vez el sueño de las telarañas.» La presencia del médico en el relato surge, pues, como una natural necesidad. Tras reconocer a la mujer, concluye «—Esta paciente está mejor que yo —dijo—. Con un asma como ésa yo estaría preparado para vivir cien años.» Esta exagerada referencia temporal, los «cien años», permite relacionar el texto con el título de su novela *Cien años de soledad*. Advertiremos, además, que la longevidad afecta a la figura femenina. No es, por otra parte, la única vez que el médico anima a la enferma con palabras parecidas: «"Con un asma como ésa yo estaría preparado para enterrar a todo el pueblo". Pero habló con el coronel y prescribió un régimen especial.» Será la mujer la que planeará el tiempo: «ella había dedicado la mañana a organizar mentalmente el programa de tres años sin la agonía de los viernes».

El tiempo se desbordará en *Cien años de soledad*. Pero en EL CORONEL NO TIENE QUIEN LE ESCRIBA constituye el motor del relato. Son los efectos temporales quienes enriquecen la historia. El tiempo personal hacia delante y hacia atrás; el tiempo objetivo, el sicológico, la naturaleza cíclica que actúa sobre los seres de ficción otorgan al lector una capacidad nueva para alcanzar la totalidad de la acción.

La soledad, el amor, la solidaridad

El tema fundamental de EL CORONEL NO TIENE QUIEN LE ESCRIBA es la soledad y ahora la soledad del individuo en un contexto histórico excepcional. Pero los elementos de denuncia histórica que encierra la novela constituyen tan sólo el telón de fondo. La base sobre la que se asienta es metafísica. Tiene que ver con la más profunda naturaleza humana y no con el contexto histórico colombiano. El mismo título de la novela implica la soledad del individuo. El viejo coronel, a la espera de un improbable reconocimiento de sus servicios, confiesa al médico al que encuentra en la oficina de correos: «Yo no tengo quien me escriba», asunción por el personaje de la despectiva manifestación del administrador de correos que daría título al relato: «—El coronel no tiene quien le escriba.» Esta soledad tiene sus razones políticas. Acude a la sastrería donde había trabajado su hijo porque «era su único refugio desde cuando sus copartidarios fueron muertos o expulsados del pueblo, y él quedó convertido en un hombre solo sin otra preocupación que esperar el correo de todos los viernes». Pero la soledad del coronel no se inscribe en la marginalidad. El coronel figura como un superviviente, al que se le reconocen méritos, aunque no se materializan.

Como un viejo hidalgo castellano surgido de la novela picaresca, se ve acosado por el hambre, considerada tradicionalmente como indigna. El idealismo quijotesco del coronel debe convencer al materialismo de su esposa. Quedan entre ambos vestigios de un amor que, como las cosas, debe superar el ataque del tiempo. Porque «el coronel comprobó que cuarenta años de vida en común, de hambre común, de sufrimientos comunes, no le habían bastado para conocer a su esposa. Sintió que algo había envejecido también en el amor». Sin embargo, desde las primeras líneas de la novela cuando el coronel intenta hacer café con una sola cucharadita, advertimos el amor que vincula a ambos seres. Pero los rescoldos de ese amor matrimonial no disimulan la soledad del personaje. García Márquez ha confesado que sus novelas y relatos nacen de una imágen: «El punto de partida de EL CORONEL NO TIENE QUIEN LE ESCRIBA es la imagen de un hombre esperando una lancha en el mercado de Barranquilla. La esperaba con una especie de silenciosa zozobra» [10]. El propio novelista traza el paralelismo con su situación en París, a la espera de una carta o de un giro. La pobreza en la que viven los ancianos —su soledad

---

[10] Gabriel García Márquez y Plinio Apuleyo Mendoza, *ob. cit.*, pág. 35.

misma— es la consecuencia de una violencia presentada al lector a través de diversos signos. Aunque no sea explícita en todo el relato, sabemos que el coronel estaba integrado en el partido liberal, y en la oposición política militan el médico y los compañeros de trabajo del hijo muerto violentamente. El paraguas —como la famosa magdalena proustiana— le trae el recuerdo, al inicio del relato, de Agustín, su hijo, cuando contaba ocho años: «Ahora Agustín estaba muerto y el forro del raso brillante había sido destruido por las polillas.» Ahora el muerto, a cuyo entierro va a asistir el coronel, se había reunido con Agustín. Pero el fallecido constituye un acontecimiento, puesto que «es el primer muerto de muerte natural que tenemos en muchos años». De manera indirecta el narrador hace patente el clima de violencia en el que se desarrolla la vida colectiva.

Otros indicios contribuyen a determinar el medio hostil. El entierro, por ejemplo, no puede pasar frente al cuartel de la policía: «Siempre se me olvida que estamos en estado de sitio.» Don Sabas se identifica en el relato no sólo como «el padrino de su hijo», sino también como «el único dirigente de su partido que escapó a la persecución política y continuaba viviendo en el pueblo». El gallo es «herencia del hijo acribillado nueve meses antes en la gallera, por distribuir información clandestina». El médico considera que «es difícil leer entre líneas lo que permite publicar la censura». Pero la censura periodística —y la conocía muy bien García Márquez— operaba mediante fórmulas más sutiles: «Desde que hay censura los periódicos no hablan sino de Europa.» Escritas desde el corazón de Europa, García Márquez pone en boca del coronel una de sus características «ironías» o «greguerías»: «Lo mejor será que los europeos se vengan para acá y que nosotros nos vayamos para Europa. Así sabrá todo el mundo lo que pasa en su respectivo país.» La censura llega también a través del párroco: «Un poco después de las siete sonaron en la torre las campanadas de la censura cinematográfica. El padre Ángel utilizaba ese medio para divulgar la calificación moral de la película de acuerdo con la lista clasificada que recibía todos los meses por correo», situación que tiene su paralelo en los filmes de la serie de *Don Camilo* o las películas neorrealistas y costumbristas italianas y españolas. También se advierte la permanencia del toque de queda, pero la casi única referencia es el toque del cornetín «a las once».

Contra el clima opresivo tejido alrededor de las escenas en las que se desarrolla la tenue trama de la novela, la oposición política se preocupa esencialmente por contar con adecuada información. El hijo del coronel, Agustín, resultó víctima de las hojas clandestinas. García Márquez, periodista, precisa en una escena la naturaleza de tales informaciones. El médico forma parte de la cadena informativa. Los papeles eran «una síntesis de los últimos acontecimientos nacionales impresa en mimeógrafo para la circulación clandestina. Revelaciones sobre el estado de la resistencia armada en el interior del país». Y, a través del punto de vista del propio coronel, se critica la oportunidad política de tales informaciones: «Diez años de informaciones clandestinas no le habían enseñado que ninguna noticia era más sorprendente que la del mes entrante.» Frente a la definición de su estado de ánimo: «se sintió demolido»; el médico mantiene las consignas: «—Hágala circular —dijo en voz baja.» Cuando acude a la sastrería «le dieron una hoja clandestina». Cuando figura un curioso letrero: «Prohibido hablar de política.» Pero las hojas clandestinas circulan en diversas escenas de la novela. Parecen sustituir a los pasquines de su novela *La mala hora*. La consigna parece ser «Es de Agustín». Con la llegada del circo —un tema recurrente en la obra de García Márquez—, el pueblo parece despertar porque «desde hacía mucho tiempo el pueblo yacía en una especie de sopor estragado por diez años de historia». La llegada del espectáculo circense despierta al pueblo. El circo ¿simboliza el arte liberador? Es bien conocido su papel desencadenante en *Cien años de soledad*. Otro salto atrás nos ofrece otro indicio del sustrato político: «Se acordó de los dirigentes de su partido, escrupulosamente peinados, abanicándose en el patio de su casa al compás de la música.» Evocará con todo ello la política del pasado: «la tumultuosa muchedumbre de los remotos domingos electorales». Pero los instantes más dramáticos del relato se producen cuando, durante una redada policiaca, reconoce al asesino de su hijo: «estaba exactamente frente a él con el cañón del fusil apuntando contra su vientre. Era pequeño, aindiado, de piel curtida, y exhalaba un tufo infantil». La situación se resuelve con una gran dignidad literaria, evitando cualquier tentación folletinesca.

Sin restar importancia a las referencias socio-políticas de la novela —que en ocasiones son pasadas por alto por algunos críticos—, las claves fundamentales de EL CORONEL NO TIENE QUIEN LE ESCRIBA, aunque son su consecuencia, no constituyen las raíces del relato. La sicología del coronel deriva de unas determinadas circunstancias políticas que se describen como desencadenantes, pero la novela no puede entenderse como un mero testimonio. La «paciencia de buey» del viejo coronel tiene un sustrato de optimismo. Lleva esperando quince años la carta en la que se le reconozca la pensión y confía también en la victoria de su gallo. Pero aquí introduce el narrador la solidaridad popular con el coronel. Su soledad no es absoluta. Cuenta con el respaldo de los correligionarios de su hijo, con el apoyo de los opositores. Y tras una episódica lucha de entrenamiento el coronel percibe la solidaridad popular que lo acoge con aplausos. Pese a coincidir con el pregón circense «cuando pasó el coronel con el gallo la atención se desplazó hacia él. Nunca había sido tan largo el camino de su casa». El gallo —símbolo de la resistencia popular— se inscribe en la problemática del hambre. Los esposos llegan a comerse el maíz del gallo. Pero Germán y los compañeros de su hijo cooperarán a su manutención: «los muchachos se encargarán de alimentar al gallo».

EL GALLO POPULAR, PERSONAJES Y OTROS ELEMENTOS FOLCLORÍSTICOS

La riña de gallos es un espectáculo popular en la Costa Atlántica. Con harta frecuencia Gabriel García Márquez basa sus narraciones en elementos de la cultura popular, aunque sin caer en la descripción, en la mera incrustación de tales elementos que encontramos en los novelistas del realismo latinoamericano (Gallegos, Güiraldes) o en los indigenistas (Icaza). Pero el novelista tuvo que documentarse para no caer en infidelidades a la hora de relatar lo que suponía la pelea de gallos. Según Jacques Gilard «fue el fotógrafo Enrique Scopell... el que suministró los datos, redactando especialmente un pequeño tratado de galléstica que envió a García Márquez» [11]. Pero el gallo no es un mero ejemplar de pelea. Sin llegar a la exageración de Gabriela Maturo, que entiende que «el gallo

---

[11] Jacques Gilard, Introducción a Gabriel García Márquez, *El coronel no tiene quien le escriba,* Barcelona, 1984, pág. 61.

es pues esa semilla de salvación, esa encarnación de vida *nueva* —el Cristo resucitado— que dará finalmente sentido a la vida del personaje contra toda solicitación de orden superficial» [12], entendemos que el animal ha pasado en el relato de la realidad al símbolo. La aventura del coronel y su mujer (al margen de sus cotidianos achaques) discurre en función del gallo: «el coronel examinó a través del gallo el humor de su esposa». Éste actúa, por consiguiente, a modo de espejo. Sustituye al hijo muerto. El coronel no consigue autoengañarse con la justificación del precio del gallo. Con ella disimula el hecho de que es la «herencia del hijo». Su pérdida se traduce mediante una alteración del significado lógico del lenguaje: «somos huérfanos de nuestro hijo».

Pero las circunstancias políticas que rodean a la muerte del hijo, acribillado precisamente en la gallera, convierten al gallo en el símbolo de la libertad política. La lucha por la supervivencia de los dos ancianos, pero principalmente del coronel, constituye una fórmula de resistencia pasiva. El hambre adquiere así un sentido político en función de la existencia del gallo. La victoria de este gallo-símbolo será la victoria popular y a través de ella, la redención personal. La clave que cierra el relato es la respuesta a la afirmación-pregunta que le lanza su mujer.

---

[12]   Gabriela Maturo, *Claves simbólicas de Gabriel García Márquez*, Buenos Aires, 1972, pág. 110.

Al «qué comemos», el coronel opone la resistencia adquirida tras los quince años de espera y aunque, para él, «la vida es la cosa mejor que se ha inventado», toda su existencia —«los setenta y cinco años de su vida, minuto a minuto»— se condensan en la fórmula escatológica final. La palabra *mierda* supondrá una transgresión absoluta del código caballeresco del coronel al ser dirigida a su mujer. Jacques Gilard advierte las frecuentes alusiones al vientre. «El coronel se ve convertido en materia fecal por el desprecio del hombre armado y su suerte se asimila con la de todo el pueblo, de "ese pueblo de mierda", como decía don Sabas» [13]. Sin renunciar a esta suma de circunstancias, la última palabra que cierra el relato responde a una transgresión de lenguaje que hace aflorar a la superficie la rebeldía contenida a lo largo de toda su existencia.

Será la mujer/madre quien considerará al gallo como un instrumento de la perdición del hijo: «Estos malditos gallos fueron su perdición.» Pero el narrador desacraliza el gallo-símbolo: «Es un gallo contante y sonante», o cuando se dirige a los niños: «los gallos se gastan de tanto mirarlos». García Márquez acentúa el carácter conservador de la mujer, quien considera que «el mundo está corrompido» y aunque cree que «cuando estoy bien soy capaz de resucitar a un muerto» o «hizo... milagros de crear

---

[13]   Jacques Gilard, *Prólogo*, pág. 95.

prendas nuevas de la nada»; la mujer aparece atenta a los rituales religiosos y reza el rosario. A los ojos del coronel posee un «carácter... naturalmente duro y endurecido todavía más por cuarenta años de amargura. La muerte de su hijo no le arrancó ni una lágrima». Los reproches que dirige al coronel revelan su propia sicología: «eres caprichoso, terco y desconsiderado». Algunos rasgos cínicos tropiezan con la actitud quijotesca de su esposo: «—Y tú te estás muriendo de hambre —dijo la mujer—. Para que te convenzas que la dignidad no se come.» Y antes, con destellos de cólera, había afirmado: «Estoy hasta la coronilla de resignación y dignidad.» La mujer para disimular que no hay nada para poner en la olla hierve piedras: «para que los vecinos no sepan...». Como el hidalgo del *Lazarillo de Tormes,* debe disimular el hambre. Y de nuevo se pone a sí misma en relación con el gallo: «toda una vida comiendo tierra para que ahora resulte que merezco menos consideración que un gallo». Para el coronel el correo y el gallo constituyen dos motivos paralelos de esperanza: «Quince años de espera habían agudizado su intuición. El gallo había agudizado su ansiedad.» García Márquez construirá el relato en esta doble dirección paralela. Pero la mujer resta al margen de esta doble esperanza. Desconfía de la concesión de la pensión. Ello le permite al novelista introducir una magnífica escena en la que interviene el abogado negro: «era un negro monumental sin nada más que los dos colmillos en la mándibula superior». La descripción del estrafalario despacho permite la identificación entre el medio y el personaje. La visita al abogado es el desencadenante del recuerdo. El abogado y el coronel nos suministran algunos datos sobre el pasado. Sabemos ahora que «fue coronel a los veinte años», que los hechos se remontan al tratado de Neerlandia y que el coronel había sido «tesorero de la revolución en la circunscripción de Macondo». Había viajado con dos baúles con los fondos de la guerra civil hasta entregarlos al coronel Aureliano Buendía. Otro coronel Aureliano Buendía, distinto del de *La hojarasca,* aparece en *Cien años de soledad* como hijo de los fundadores José Arcadio y Úrsula Iguarán, contraerá matrimonio con Remedios y engendrará diecisiete hijos Aurelianos. Este Aureliano Buendía ostenta el cargo de «intendente general de las fuerzas revolucionarias en el litoral Atlántico» y tal vez pueda ser uno de los diecisiete Aurelianos.

Los orígenes del coronel deben remontarse a Macondo. El narrador sitúa los datos fundamentales desde el recuerdo del coronel, pero la narración se realiza mediante una tercera persona que objetiva el relato: «Se acordó de Macondo... En el sopor de la siesta vio llegar un tren amarillo y polvoriento con hombres y mujeres y animales asfixiándose de calor, amontonados hasta en el techo de los vagones. Era la fiebre del banano. En veinticuatro horas transformaron el pueblo. "Me voy", dijo entonces el coronel. "El olor del banano me descompone los intestinos".» Ésta es la narrativa que informa *La hojarasca* (redactada entre junio de 1950 y junio de 1951), cuya acción se sitúa entre la fundación y 1928. García Márquez nos da la fecha y hora exacta de la partida de Macondo (veintisiete de junio de 1906). Aunque la acción no transcurre en Macondo, EL CORONEL NO TIENE QUIEN LE ESCRIBA tampoco puede desligarse del medio en el que se sitúa su ciclo narrativo fundamental. Como piezas de un rompecabezas los personajes y los lugares encajan en el armónico conjunto. Descubrimos también aquí al «inglés disfrazado de tigre que apareció en el campamento del coronel Aureliano Buendía... Era el duque de Marlborough», elemento que aparecerá también en otros de sus relatos. Pero ahora Macondo supone el pasado. El mundo social de este pueblo con río, aunque sin ferrocarril, se integra mayoritariamente en la clase media, según observa Mario Vargas Llosa, para quien el coronel es «una reliquia, un sobreviviente, una pieza de museo que esta sociedad conserva» [14]. Pero parece difícil identificar valores de «clase media» en una zona rural en la que sólo parece existir el pequeño comercio: «un laberinto de almacenes y barracas con mercancías de colores en exhibición», y éste se identifica con sirios, árabes o

[14] Mario Vargas Llosa, *García Márquez, historia de un deicidio*, Barcelona, 1971, pág. 307.

turcos. Don Sabas tiene también un capataz y, en consecuencia, peones; pero el mundo del trabajo no figura en la novela. El coronel intenta cobrar su pensión, pero sólo se nos indica que su hijo Agustín trabajaba. Las referencias a la burocracia adquieren el valor de crítica social: «Ha habido siete presidentes en los últimos quince años y que cada presidente cambió por lo menos diez veces su gabinete y que cada ministro cambió sus empleados por lo menos cien veces.» Algunos profesionales son identificados: el médico, el abogado negro. Pero los valores que rigen la relación entre el coronel y otros personajes no responden a razones económicas. El coronel, pese al hambre, posee una dignidad histórica que le otorga su pasado.

Puede resultar infantil en sus reacciones ante la llegada del circo, pero posee un código de valores que le convierten en «el personaje» central del relato. Don Sabas es el rico del lugar. Llegó al pueblo, según la esposa del coronel, «vendiendo medicinas con una culebra enrollada en el pescuezo». Fue padrino de su hijo y sufre diabetes. Predomina en él la preocupación por el dinero. El narrador hace notar su nula sensibilidad para la belleza (la lluvia desde una ventana) y su chatura sentimental. La descripción del interior del armario empotrado en el muro de su oficina permite advertir una sordidez absurda ligada a signos de dominio: «botas de montar apelotonadas, estribos y correas y un cubo de aluminio lleno de espuelas de caballero. Colgados en la parte superior, media docena de paraguas y una sombrilla de mujer». En efecto, don Sabas surge por vez primera en el relato bajo un paraguas. La lluvia parece corresponder al personaje. Su concepción del pueblo es diametralmente opuesta a la del coronel: «Éste es un pueblo de mierda.» Sus rasgos importan menos que su codicia. También don Sabas se relaciona con el gallo. Pretende conseguirlo a bajo precio. A los ojos del médico: «es el único que se alimenta con carne humana». Su mujer, físicamente, se caracteriza por ser más alta que su marido y por «una verruga pilosa en el labio superior». Pero este personaje secundario mantiene un sorprendente diálogo con el coronel: «El paraguas tiene algo que ver con la muerte... / "Todo el mundo dice que la muerte es una mujer"... / —Yo creo que es un animal con pezuñas. / —Es posible —admitió el coronel—. A veces suceden cosas muy extrañas.» Este diálogo irreal forma parte del planteamiento global de la novela. Alguien tenía que plantear la visión absurda y poética de la muerte. La mujer de don Sabas será meramente un vehículo del necesario mensaje.

En el origen de EL CORONEL NO TIENE QUIEN LE ESCRIBA está la muerte. Se define por un comportamiento colectivo. Como en *La hojarasca* o en *La mala hora* y en *La crónica de una muerte anunciada,* uno de los temas centrales del relato consiste en la muerte. La ceremonia de un entierro preside las primeras páginas. Pero es la mujer del coronel quien piensa en el muerto e inevitablemente en el hijo. Una vez más los ciclos naturales contribuyen a reforzar las sensaciones humanas: «Debe ser horrible estar enterrado en octubre.» Se describen algunos detalles del luto popular. Cuando un niño comienza a tocar la armónica es advertido por el coronel: «No toques hoy... hay muerto en el pueblo.» Para el entierro, el coronel viste sus mejores ropas, las de su boda: «sólo entonces advirtió cuánto había envejecido su esposo». Para el entierro «el pueblo estaba tapizado de flores» y las mujeres vestían «de negro»; en tanto que los hombres visten de blanco con corbatas negras. Se da el pésame en el domicilio del difunto y se visita al cadáver reducido a «las fosas nasales del muerto». Allí estaba la madre espantando las moscas del ataúd «con un abanico de palmas trenzadas». En la confusión del planto, se produce una situación ambigua. Cuando el coronel se encuentra, entre apretujones, junto al cadáver: «alguien dijo junto a su oído, despacio, con voz muy tierna: "Cuidado, coronel". Volteó la cabeza y se encontró con el muerto». Nada indica en el texto que la advertencia proceda del hombre muerto. Pero el autor deja el mensaje en forma ambigua. Para reforzar dicha ambigüedad describe al muerto con detalles que refuerzan la sensación de vida: «Pero no lo reconoció porque era duro y dinámico y parecía tan desconcertado como él, envuelto en trapos blancos y con el cornetín en las manos.» El signo del cornetín vendrá aclarado más tarde: «es un pobre músico muerto». Esa voz tierna ¿es la del muerto? Sabemos que la mujer cree que los muertos hablan entre sí: «Pueda ser que el muerto no le cuente al hijo la situación en que quedamos después de su muerte.»

A la peculiar ceremonia del entierro que ocupa casi el diez por ciento de la narración, hay que sumar la descripción del planto: «Pero después las mujeres salieron al medio de la calle y lanzaron gritos de alabanzas, de gratitud y despedida, como si creyeran que el muerto las escuchaba dentro del ataúd.» No podía faltar tampoco la alusión a los muertos que se aparecen en sueños. La mujer de don Sabas sueña con una mujer que le dice: «Soy la mujer que murió hace doce años en este cuarto»; pero la casa fue construida dos años antes. Lo que le lleva a una extraordinaria observación teñida de humor: «Eso quiere decir que hasta los muertos se equivocan.» La esposa del coronel parece consultar a los espíritus de la casa, signo que García Márquez desarrollará ampliamente en *Cien años de soledad*. En su esfuerzo por captar la globalidad popular aparecen diversos elementos derivados del sustrato católico: los abundantes rosarios; el tañido del Ángelus, pero también expresiones calcadas de fórmulas religiosas: «hizo otra vez el eterno milagro de crear prendas nuevas de la nada»; «Ya sabrá Dios cómo hacemos nosotros para arreglarnos»; se habla de la «multiplicación de los panes»; se afirma: «Soy capaz de resucitar a un muerto» o el coronel advierte: «ahora empieza la misa cantada». Sin embargo, ningún personaje parece estar en relación con el sacerdote. La Iglesia se advierte como fuerza represiva en la censura del padre Ángel, divulgada a base de campanadas. También se nos ofrece el indicio de que el padre Ángel puede convertirse en prestamista, aunque rechaze, en esta ocasión, el préstamo sobre los anillos de boda, porque «es pecado negociar con las cosas sagradas». Descubriremos otras alusiones al folclore. Cuando el coronel discute con el abogado negro y éste recurre a los mismos argumentos, concluye: «Esto empieza a parecerse al cuento del gallo capón», relato folclórico tradicional y recurrente, semejante al «cuento de la buena pipa». El autor considera que el relato permanece todavía vivo en la memoria colectiva. En gran medida, algunas de las abundantes sentencias o frases hechas corresponden a la intención de servirse de expresiones de raíz popular.

EL CINE, EL LENGUAJE, LA POESÍA

No cabe duda de que García Márquez pretende una constante visualización de las escenas de la novela. Él mismo declaró: «es una novela cuyo estilo parece el de un guión cinematográfico. Los movimientos de los personajes son como seguidos por una cá-

mara. Y cuando vuelvo a leer el libro, veo
la cámara. Hoy creo que las soluciones literarias son diferentes a las soluciones cinemato-
gráficas» [15]. Pero la narración de García Márquez no responde a la estética de «l'école du
regard»; el narrador es ubicuo. Pero cierta-
mente éste se esfuerza en hacernos visualizar
especialmente los objetos que rodean a los
personajes. El narrador ha aprendido —y
ésta es la revelación de EL CORONEL NO
TIENE QUIEN LE ESCRIBA— que no es necesario ofrecer los interminables detalles de las
descripciones y de los diálogos. Es el propio
novelista quien selecciona y distribuye el ma-
terial narrado a lo largo de un tiempo com-
plejo. El narrador parece saberlo todo. Y el
lector se adentra poco a poco en las revelaciones que le permitirán alcanzar también
una comprensión general de lo que suceda.
La economía de los medios constituye la
aportación a EL CORONEL NO TIENE QUIEN
LE ESCRIBA. Pero la acumulación se traduce,
en términos literarios, a lenguaje poético.

Tres caminos distintos y no contradictorios
le permitieron al autor alcanzar la densidad
que advertimos en su novela. De un lado, la
lectura de W. Faulkner, cuyo recuerdo —especialmente en el tratamiento temporal— es
en esta historia innegable; la economía expresiva de E. Hemingway y las simbologías
de Kafka y Camus. De otra parte, profesio-

---

[15]   Gabriel García Márquez y Plinio Apuleyo Mendoza, *ob. cit.*,
pág. 45.

nalmente, García Márquez había practicado la crónica periodística. En ciertos aspectos tales crónicas —hoy accesibles al ser recopiladas en *De Europa y América (1955-1960)*— aproximan su estructura al relato policiaco (en lo que vienen a coincidir también con las obras de Faulkner y Hemingway). A través de una serie de «indicios» o «datos» hay que reconstruir una historia. No en vano el autor de esta breve novela había llenado miles de páginas en sus colaboraciones periodísticas. Finalmente, García Márquez se interesa profundamente por el cine, como crítico, y también en Roma en un fallido intento de adentrarse en la realización. Las alusiones al cine en EL CORONEL NO TIENE QUIEN LE ESCRIBA son secundarias. El luto por el hijo dura un año y el coronel advierte: «Para entonces Agustín habría cumplido su año y podremos ir al cine. / Ella rió en voz baja. Ya ni siquiera me acuerdo de los monicongos, dijo... / —¿Cuándo fuiste al cine por última vez? / —En 1931 —dijo ella—.» Daban *La voluntad del muerto*. En un cartel se anuncia el filme *Virgen de medianoche*. «Era una mujer en traje de baile con una pierna descubierta hasta el muslo.» El cine para el pueblo innombrado era la principal diversión. Aparecen también algunas referencias a canciones populares, las de Rafael Escalona, o a ritmos como el mambo. Pero para García Márquez constituía un nuevo lenguaje apasionante.

Pese a la probable influencia cinematográfica, los recursos utilizados por el narrador son, lógicamente, literarios. Tal vez el autor, como afirma, vea la cámara tras el relato, pero el lector quedará impresionado principalmente por el lenguaje. Los recursos, en este sentido, son poéticos; es decir, se alejan del pedestre lenguaje del realismo tradicional. Desde las primeras páginas la adjetivación es sorprendente. El coronel experimenta la sensación de que «nacían hongos y lirios venenosos en sus tripas». La respiración de la mujer es *pedregosa*. Se trata, por consiguiente, de un lenguaje íntimamente relacionado con las imágenes. Y con la imaginación. «Los huesos de sus manos estaban forrados por un pellejo lúcido y tenso.» Se narra desde dentro hacia fuera; desde los huesos hacia la superficie. Puede describirse mediante negaciones: «el coronel no parecía un papagayo» o «por la vitalidad de sus ojos no parecía conservado en formol». Un peculiar sentido de lo grotesco, de la exageración, de lo ridículo pueden servir para humanizar la escena «[el alcalde] estaba en calzoncillos y franela, hinchada la mejilla sin afeitar». El propio coronel, con marcado sentido irónico, se autodefine: «Ya estoy encargado por una fábrica de clarinetes.» Pero la expresividad del lenguaje de EL CORONEL NO TIENE QUIEN LE ESCRIBA no deriva de la utilización de recursos líricos, ni de fórmulas expresivas sorprendentes. La selección del lenguaje supone intensificar y aprovechar la abundancia de expresiones populares. El contraste entre la dura realidad presentada cruel y exageradamente desbordada y la economía expresiva en el lenguaje, contribuyen a forjar la poesía que se desprende del coronel. Porque, al margen de la congruencia interna del relato y de éste con el resto del mundo creado por el novelista, la desmesura y el irracionalismo predominan. La lucha contra la enfermedad y la decadencia física, la rebeldía contra la historia colectiva y el extremado individualismo, el recuerdo del hijo muerto, la solidaridad popular, la doble esperanza en la pensión y el gallo, el mundo de un trópico sobriamente enlutado, aunque de vivos colores, se transmiten mediante la palabra. Y a través de un noble ejercicio estético. Posiblemente *Cien años de soledad* ofreció a su autor mayores posibilidades creativas. Era, como García Márquez reconoció, una obra más abierta; respondía a una formulación cíclica. Pero no cabe duda de que EL CORONEL NO TIENE QUIEN LE ESCRIBA es una obra maestra por su contención y por la suma de elementos que han inspirado al narrador. La tragedia del viejo coronel se convierte en el análisis de lo que hace que la aventura del hombre, en Colombia o en cualquier otra parte, resulte conmovedora. Como un náufrago aferrado a una tabla, su capacidad de resistir las contrariedades parece infinita. Su esperanza es universal, como su rebeldía.

JOAQUÍN MARCO.

EL CORONEL NO TIENE
QUIEN LE ESCRIBA

El coronel destapó el tarro del café y comprobó que no había más de una cucharadita. Retiró la olla del fogón, vertió la mitad del agua en el piso de tierra, y con un cuchillo raspó el interior del tarro sobre la olla hasta cuando se desprendieron las últimas raspaduras del polvo de café revueltas con óxido de lata.

Mientras esperaba a que hirviera la infusión, sentado junto a la hornilla de barro cocido en una actitud de confiada e inocente expectativa, el coronel experimentó la sensación de que nacían hongos y lirios venenosos en sus tripas. Era octubre. Una mañana difícil de sortear, aun para un hombre como él que había sobrevivido a tantas mañanas como ésa. Durante cincuenta y seis años —desde cuando terminó la última guerra civil— el coronel no había hecho nada distinto de esperar. Octubre era una de las pocas cosas que llegaban.

Su esposa levantó el mosquitero cuando lo vio entrar al dormitorio con el café. Esa noche había sufrido una crisis de asma y ahora atravesaba por un estado de sopor. Pero se incorporó para recibir la taza.

—Y tú —dijo.

—Ya tomé —mintió el coronel—. Todavía quedaba una cucharada grande.

En ese momento empezaron los dobles. El coronel se había olvidado del entierro. Mientras su esposa tomaba el café, descolgó la hamaca en un extremo y la enrolló en el otro, detrás de la puerta. La mujer pensó en el muerto.

—Nació en 1922 —dijo—. Exactamente un mes después de nuestro hijo. El siete de abril.

Siguió sorbiendo el café en las pausas de su respiración pedregosa. Era una mujer construida apenas en cartílagos blancos sobre una espina dorsal arqueada e inflexible. Los trastornos respiratorios la obligaban a preguntar afirmando. Cuando terminó el café todavía estaba pensando en el muerto.

«Debe ser horrible estar enterrado en octubre», dijo. Pero su marido no le puso atención. Abrió la ventana. Octubre se había instalado en el patio. Contemplando la vegetación que reventaba en verdes intensos, las minúsculas tiendas de las lombrices en el barro, el coronel volvió a sentir el mes aciago en los intestinos.

—Tengo los huesos húmedos —dijo.

—Es el invierno —replicó la mujer—. Desde que empezó a llover te estoy diciendo que duermas con las medias puestas.

—Hace una semana que estoy durmiendo con ellas.

Llovía despacio pero sin pausas. El coronel habría preferido envolverse en una manta de lana y meterse otra vez en la hamaca. Pero la insistencia de los bronces rotos le recordó el entierro. «Es octubre», murmuró, y caminó hacia el centro del cuarto. Sólo entonces se acordó del gallo amarrado a la pata de la cama. Era un gallo de pelea.

Después de llevar la taza a la cocina dio cuerda en la sala a un reloj de péndulo montado en un marco de madera labrada. A diferencia del dormitorio, demasiado estrecho para la respiración de una asmática, la sala era amplia, con cuatro mecedoras de fibra en torno a una mesita con un tapete y un gato de yeso. En la pared opuesta a la del reloj, el cuadro de una mujer entre tules rodeada de amorines en una barca cargada de rosas.

Eran las siete y veinte cuando acabó de dar cuerda al reloj. Luego llevó el gallo a la cocina, lo amarró a un soporte de la hornilla, cambió el agua al tarro y puso al lado un puñado de maíz. Un grupo de niños penetró por la cerca desportillada. Se sentaron en torno al gallo, a contemplarlo en silencio.

—No miren más a ese animal —dijo el coronel—. Los gallos se gastan de tanto mirarlos.

Los niños no se alteraron. Uno de ellos inició en la armónica los acordes de una canción de moda. «No toques hoy», le dijo el coronel. «Hay muerto en el pueblo.» El niño guardó el instrumento en el bolsillo del pantalón y el coronel fue al cuarto a vestirse para el entierro.

La ropa blanca estaba sin planchar a causa del asma de la mujer. De manera que el coronel tuvo que decidirse por el viejo traje de paño negro que después de su matrimonio sólo usaba en ocasiones especiales. Le costó trabajo encontrarlo en el fondo del baúl, envuelto en periódicos y preservado contra las polillas con bolitas de naftalina. Estirada en la cama la mujer seguía pensando en el muerto.

—Ya debe haberse encontrado con Agustín —dijo—. Pueda ser que no le cuente la situación en que quedamos después de su muerte.

—A esta hora estarán discutiendo de gallos —dijo el coronel.

Encontró en el baúl un paraguas enorme y antiguo. Lo había ganado la mujer en una tómbola política destinada a recolectar fondos para el partido del coronel. Esa misma noche asistieron a un espectáculo al aire libre que no fue interrumpido a pesar de la lluvia. El coronel, su esposa y su hijo Agustín —que entonces tenía ocho años— presenciaron el espectáculo hasta el final, sentados bajo el paraguas. Ahora Agustín estaba muerto y el forro de raso brillante había sido destruido por las polillas.

—Mira en lo que ha quedado nuestro paraguas de payaso de circo —dijo el coronel con una antigua frase suya. Abrió sobre su cabeza un misterioso sistema de varillas metálicas—. Ahora sólo sirve para contar las estrellas.

Sonrió. Pero la mujer no se tomó el trabajo de mirar el paraguas. «Todo está así», murmuró. «Nos estamos pudriendo vivos.» Y cerró los ojos para pensar más intensamente en el muerto.

Después de afeitarse al tacto —pues carecía

de espejo desde hacía mucho tiempo—, el coronel se vistió en silencio. Los pantalones, casi tan ajustados a las piernas como los calzoncillos largos, cerrados en los tobillos con lazos corredizos, se sostenían en la cintura con dos lengüetas del mismo paño que pasaban a través de dos hebillas doradas cosidas a la altura de los riñones. No usaba correa. La camisa color de cartón antiguo, dura como un cartón, se cerraba con un botón de cobre que servía al mismo tiempo para sostener el cuello postizo. Pero el cuello postizo estaba roto, de manera que el coronel renunció a la corbata.

Hacía cada cosa como si fuera un acto trascendental. Los huesos de sus manos estaban forrados por un pellejo lúcido y tenso, manchado de carate como la piel del cuello. Antes de ponerse los botines de charol raspó el barro incrustado en la costura. Su esposa lo vio en ese instante, vestido como el día de su matrimonio. Sólo entonces advirtió cuánto había envejecido su esposo.

—Estás como para un acontecimiento —dijo.

—Este entierro es un acontecimiento —dijo el coronel—. Es el primer muerto de muerte natural que tenemos en muchos años.

Escampó después de las nueve. El coronel se disponía a salir cuando su esposa lo agarró por la manga del saco.

—Péinate —dijo.

Él trató de doblegar con un peine de cuerno las cerdas color de acero. Pero fue un esfuerzo inútil.

—Debo parecer un papagayo —dijo.

La mujer lo examinó. Pensó que no. El coronel no parecía un papagayo. Era un hombre árido, de huesos sólidos articulados a tuerca y tornillo. Por la vitalidad de sus ojos no parecía conservado en formol.

«Así estás bien», admitió ella, y agregó cuando su marido abandonaba el cuarto:

—Pregúntale al doctor si en esta casa le echamos agua caliente.

Vivían en el extremo del pueblo, en una casa de techo de palma con paredes de cal desconchadas. La humedad continuaba pero no llovía. El coronel descendió hacia la plaza por un callejón de casas apelotonadas. Al desembocar a la calle central sufrió un estremecimiento. Hasta donde alcanzaba su vista el pueblo estaba tapizado de flores. Sentadas a la puerta de las casas las mujeres de negro esperaban el entierro.

En la plaza comenzó otra vez la llovizna. El propietario del salón de billares vio al coronel desde la puerta de su establecimiento y le gritó con los brazos abiertos:

—Coronel, espérese y le presto un paraguas.

El coronel respondió sin volver la cabeza.

—Gracias, así voy bien.

Aún no había salido el entierro. Los hombres —vestidos de blanco con corbatas negras— conversaban en la puerta bajo los paraguas. Uno de ellos vio al coronel saltando sobre los charcos de la plaza.

—Métase aquí, compadre —gritó.

Hizo espacio bajo el paraguas.

—Gracias, compadre —dijo el coronel.

Pero no aceptó la invitación. Entró directamente a la casa para dar el pésame a la madre del muerto. Lo primero que percibió fue el olor de muchas flores diferentes. Después empezó el calor. El coronel trató de abrirse camino a través de la multitud bloqueada en la alcoba. Pero alguien le puso una mano en la espalda, lo empujó hacia el fondo del cuarto por una galería de rostros perplejos hasta el lugar donde se encontraban —profundas y dilatadas— las fosas nasales del muerto.

Allí estaba la madre espantando las moscas del ataúd con un abanico de palmas trenzadas. Otras mujeres vestidas de negro contemplaban el cadáver con la misma expresión con que se mira la corriente de un río. De pronto empezó una voz en el fondo del cuarto. El coronel hizo de lado a una mujer, encontró de perfil a la madre del muerto y le puso una mano en el hombro. Apretó los dientes.

—Mi sentido pésame —dijo.

Ella no volvió la cabeza. Abrió la boca y lanzó un aullido. El coronel se sobresaltó. Se sintió empujado contra el cadáver por una masa deforme que estalló en un vibrante alarido. Buscó apoyo con las manos pero no encontró la pared. Había otros cuerpos en su lugar. Alguien dijo junto a su oído, despacio, con una voz muy tierna: «Cuidado, coronel.» Volteó la cabeza y se encontró con el muerto. Pero no lo reconoció porque era duro y dinámico y parecía tan desconcertado como él, envuelto en trapos blancos y con el cornetín en las manos. Cuando levantó la cabeza para buscar el aire por encima de los gritos vio la caja tapada dando tumbos hacia la puerta por una pendiente de flores que se despedazaban contra las paredes. Sudó. Le dolían las articulaciones. Un momento después supo que estaba en la calle porque la llovizna le maltrató los párpados y alguien lo agarró por el brazo y le dijo:

—Apúrese, compadre, lo estaba esperando.

Era don Sabas, el padrino de su hijo muerto, el único dirigente de su partido que escapó de la persecución política y continuaba viviendo en el pueblo. «Gracias, compadre», dijo el coronel, y caminó en silencio bajo el paraguas. La banda inició la marcha fúnebre. El coronel advirtió la falta de un cobre y por primera vez tuvo la certidumbre de que el muerto estaba muerto.

—El pobre —murmuró.

Don Sabas carraspeó. Sostenía el paraguas con la mano izquierda, el mango casi a la altura de la cabeza, pues era más bajo que el coronel. Los hombres empezaron a conversar cuando el cortejo abandonó la plaza. Don Sabas volvió entonces hacia el coronel su rostro desconsolado, y dijo:

—Compadre, qué hay del gallo.

—Ahí está el gallo —respondió el coronel.

En ese instante se oyó un grito:

—¿A dónde van con ese muerto?

El coronel levantó la vista. Vio al alcalde en el balcón del cuartel en una actitud discursiva. Estaba en calzoncillos y camiseta, hinchada la mejilla sin afeitar. Los músicos suspendieron la marcha fúnebre. Un momento después el coronel reconoció la voz del padre Ángel conversando a gritos con el alcalde.

Descifró el diálogo a través de la crepitación de la lluvia sobre los paraguas.

—¿Entonces? —preguntó don Sabas.

—Entonces nada —respondió el coronel—. Que el coronel no puede pasar frente al cuartel de la policía.

—Se me había olvidado —exclamó don Sabas—. Siempre se me olvida que estamos en estado de sitio.

—Pero esto no es una insurrección —dijo el coronel—. Es un pobre músico muerto.

El cortejo cambió de sentido. En los barrios bajos la mujeres lo vieron pasar mordiéndose las uñas en silencio. Pero después salieron al medio de la calle y lanzaron gritos de alabanzas, de gratitud y despedida, como si creyeran que el muerto las escuchaba dentro del ataúd. El coronel se sintió mal en el cementerio. Cuando don Sabas lo empujó hacia la pared para dar paso a los hombres que transportaban el muerto, volvió su cara sonriente hacia él, pero se encontró con un rostro duro.

—Qué le pasa, compadre —preguntó.

El coronel suspiró.

—Es octubre, compadre.

Regresaron por la misma calle. Había escampado. El cielo se hizo profundo, de un azul intenso. «Ya no llueve más», pensó el coronel, y se sintió mejor, pero continuó absorto. Don Sabas lo interrumpió.

—Compadre, hágase ver del médico.

—No estoy enfermo —dijo el coronel—. Lo que pasa es que en octubre siento como si tuviera animales en las tripas.

«Ah», hizo don Sabas. Y se despidió en la puerta de su casa, un edificio nuevo, de dos pisos, con ventanas de hierro forjado. El coronel se dirigió a la suya desesperado por abandonar el traje de ceremonias. Volvió a salir un momento después a comprar en la tienda de la esquina un tarro de café y media libra de maíz para el gallo.

El coronel se ocupó del gallo a pesar de que el jueves habría preferido permanecer en la hamaca. No escampó en varios días. En el curso de la semana reventó la flora de sus vísceras. Pasó varias noches en vela, atormentado por los silbidos pulmonares de la asmática. Pero octubre concedió una tregua el viernes en la tarde. Los compañeros de Agustín —oficiales de sastrería, como lo fue él, y fanáticos de la gallera— aprovecharon la ocasión para examinar el gallo. Estaba en forma.

El coronel volvió al cuarto cuando quedó solo en la casa con su mujer. Ella había reaccionado.

—Qué dicen —preguntó.

—Entusiasmados —informó el coronel—. Todos están ahorrando para apostarle al gallo.

—No sé qué le han visto a ese gallo tan feo

—dijo la mujer—. A mí me parece un fenómeno: tiene la cabeza muy chiquita para las patas.

—Ellos dicen que es el mejor del Departamento —replicó el coronel—. Vale como cincuenta pesos.

Tuvo la certeza de que ese argumento justificaba su determinación de conservar el gallo, herencia del hijo acribillado nueve meses antes en la gallera, por distribuir información clandestina. «Es una ilusión que cuesta caro», dijo la mujer. «Cuando se acabe el maíz tendremos que alimentarlo con nuestros hígados.» El coronel se tomó todo el tiempo para pensar mientras buscaba los pantalones de dril en el ropero.

—Es por pocos meses —dijo—. Ya se sabe con seguridad que hay peleas en enero. Después podemos venderlo a mejor precio.

Los pantalones estaban sin planchar. La mujer los estiró sobre la hornilla con dos planchas de hierro calentadas al carbón.

—Cuál es el apuro de salir a la calle —preguntó.

—El correo.

«Se me había olvidado que hoy es viernes», comentó ella de regreso al cuarto. El coronel estaba vestido pero sin los pantalones. Ella observó sus zapatos.

—Ya esos zapatos están de botar —dijo—. Sigue poniéndote los botines de charol.

El coronel se sintió desolado.

—Parecen zapatos de huérfano —protestó—. Cada vez que me los pongo me siento fugado de un asilo.

—Nosotros somos huérfanos de nuestro hijo —dijo la mujer.

También esta vez lo persuadió. El coronel se dirigió al puerto antes de que pitaran las lanchas. Botines de charol, pantalón blanco sin correa y la camisa sin el cuello postizo, cerrada arriba con el botón de cobre. Observó la maniobra de las lanchas desde el almacén del sirio Moisés. Los viajeros descendieron estragados después de ocho horas sin cambiar de posición. Los mismos de siempre: vendedores ambulantes y la gente del pueblo que había viajado la semana anterior y regresaba a la rutina.

La última fue la lancha del correo. El coronel la vio atracar con una angustiosa desazón. En el techo, amarrado a los tubos del vapor y protegido con la tela encerada, descubrió el saco del correo. Quince años de espera habían agudizado su intuición. El gallo había agudizado su ansiedad. Desde el instante en que el administrador de correos subió a la lancha, desató el saco y se lo echó a la espalda, el coronel lo tuvo a la vista.

Lo persiguió por la calle paralela al puerto, un laberinto de almacenes y barracas con mercancías de colores en exhibición. Cada vez que lo hacía, el coronel experimentaba una ansiedad muy distinta pero tan apremiante como el terror. El médico esperaba los periódicos en la oficina de correos.

—Mi esposa le manda preguntar si en la casa le echaron agua caliente, doctor —le dijo el coronel.

Era un médico joven con el cráneo cubierto de rizos charolados. Había algo increíble en la perfección de su sistema dental. Se interesó por la salud de la asmática. El coronel suministró una información detallada sin descuidar los movimientos del administrador que distribuía las cartas en las casillas clasificadas. Su indolente manera de actuar exasperaba al coronel.

El médico recibió la correspondencia con el paquete de los periódicos. Puso a un lado los boletines de propaganda científica. Luego leyó superficialmente las cartas personales. Mientras tanto, el administrador distribuyó el correo entre los destinatarios presentes. El coronel observó la casilla que le correspondía en el alfabeto. Una carta aérea de

65

bordes azules aumentó la tensión de sus nervios.

El médico rompió el sello de los periódicos. Se informó de las noticias destacadas mientras el coronel —fija la vista en su casilla— esperaba que el administrador se detuviera frente a ella. Pero no lo hizo. El médico interrumpió la lectura de los periódicos. Miró al coronel. Después miró al administrador sentado frente a los instrumentos del telégrafo y después otra vez al coronel.

—Nos vamos —dijo.

El administrador no levantó la cabeza.

—Nada para el coronel —dijo.

El coronel se sintió avergonzado.

—No esperaba nada —mintió. Volvió hacia el médico una mirada enteramente infantil—. Yo no tengo quien me escriba.

Regresaron en silencio. El médico concentrado en los periódicos. El coronel con su manera de andar habitual que parecía la de un hombre que desanda el camino para buscar una moneda perdida. Era una tarde lúcida. Los almendros de la plaza soltaban sus últimas hojas podridas. Empezaba a anochecer cuando llegaron a la puerta del consultorio.

—Qué hay de noticias —preguntó el coronel.

El médico le dio varios periódicos.

—No se sabe —dijo—. Es difícil leer entre líneas lo que permite publicar la censura.

El coronel leyó los titulares destacados. Noticias internacionales. Arriba, a cuatro columnas, una crónica sobre la nacionalización del canal de Suez. La primera página estaba casi completamente ocupada por las invitaciones a un entierro.

—No hay esperanzas de elecciones —dijo el coronel.

—No sea ingenuo, coronel —dijo el médico—. Ya nosotros estamos muy grandes para esperar al Mesías.

El coronel trató de devolverle los periódicos pero el médico se opuso.

—Lléveselos para su casa —dijo—. Los lee esta noche y me los devuelve mañana.

Un poco después de las siete sonaron en la torre las campanadas de la censura cinematográfica. El padre Ángel utilizaba ese medio para divulgar la calificación moral de la película de acuerdo con la lista clasificada que recibía todos los meses por correo. La esposa del coronel contó doce campanadas.

—Mala para todos —dijo—. Hace como un año que las películas son malas para todos.

Bajó la tolda del mosquitero y murmuró: «El mundo está corrompido.» Pero el coronel no hizo ningún comentario. Antes de acostarse amarró el gallo a la pata de la cama. Cerró la casa y fumigó insecticida en el dormitorio. Luego puso la lámpara en el suelo, colgó la hamaca y se acostó a leer los periódicos.

Los leyó por orden cronológico y desde la primera página hasta la última, incluso los avisos. A las once sonó el clarín del toque de queda. El coronel concluyó la lectura media hora más tarde, abrió la puerta del patio hacia la noche impenetrable, y orinó contra el horcón, acosado por los zancudos. Su esposa estaba despierta cuando él regresó al cuarto.

—No dicen nada de los veteranos —preguntó.

—Nada —dijo el coronel. Apagó la lámpara antes de meterse en la hamaca—. Al principio por lo menos publicaban la lista de los nuevos pensionados. Pero hace como cinco años que no dicen nada.

Llovió después de la media noche. El coronel concilió el sueño pero despertó un momento después alarmado por sus intestinos. Descubrió una gotera en algún lugar de la casa. Envuelto en una manta de lana hasta la cabeza trató de localizar la gotera en la oscuridad. Un hilo de sudor helado resbaló por su columna vertebral. Tenía fiebre. Se sintió flotando en círculos concéntricos dentro de un estanque de gelatina. Alguien habló. El coronel respondió desde su catre de revolucionario.

—Con quién hablas —preguntó la mujer.

—Con el inglés disfrazado de tigre que apareció en el campamento del coronel Aureliano Buendía —respondió el coronel. Se revolvió en la hamaca, hirviendo en la fiebre—. Era el duque de Marlborough.

Amaneció estragado. Al segundo toque para misa saltó de la hamaca y se instaló en una realidad turbia alborotada por el canto del gallo. Su cabeza giraba todavía en círculos concéntricos. Sintió náuseas. Salió al patio y se dirigió al excusado a través del minucioso cuchicheo y los sombríos olores del invierno. El interior del cuartito de madera con techo de zinc estaba enrarecido por el vapor amoniacal del bacinete. Cuando el coronel levantó la tapa surgió del pozo un vaho de moscas triangulares.

Era una falsa alarma. Acuclillado en la plataforma de tablas sin cepillar experimentó la desazón del anhelo frustrado. El apremio fue sustituido por un dolor sordo en el tubo digestivo. «No hay duda», murmuró. «Siempre me sucede lo mismo en octubre.» Y asumió su actitud de confiada e inocente expectativa hasta cuando se apaciguaron los hongos de sus vísceras. Entonces volvió al cuarto por el gallo.

—Anoche estabas delirando de fiebre —dijo la mujer.

Había comenzado a poner orden en el cuarto, repuesta de una semana de crisis. El coronel hizo un esfuerzo para recordar.

—No cra fiebre —mintió—. Era otra vez el sueño de las telarañas.

Como ocurría siempre, la mujer surgió excitada de la crisis. En el curso de la mañana volteó la casa al revés. Cambió el lugar de cada cosa, salvo el reloj y el cuadro de la ninfa. Era tan menuda y elástica que cuando transitaba con sus babuchas de pana y su traje negro enteramente cerrado parecía tener la virtud de pasar a través de las paredes. Pero antes de las doce había recobrado su densidad, su peso humano. En la cama era un vacío. Ahora, moviéndose entre los tiestos de helechos y begonias, su presencia desbordaba la casa. «Si Agustín tuviera su año me pondría a cantar», dijo, mientras revolvía la olla donde hervían cortadas en trozos todas las cosas de comer que la tierra del trópico es capaz de producir.

—Si tienes ganas de cantar, canta —dijo el coronel—. Eso es bueno para la bilis.

El médico vino después del almuerzo. El coronel y su esposa tomaban el café en la cocina cuando él empujó la puerta de la calle y gritó:

—Se murieron los enfermos.

El coronel se levantó a recibirlo.

—Así es, doctor —dijo dirigiéndose a la sala—. Yo siempre he dicho que su reloj anda con el de los gallinazos.

La mujer fue al cuarto a prepararse para el examen. El médico permaneció en la sala con el coronel. A pesar del calor, su traje de lino intachable exhalaba un hálito de frescura. Cuando la mujer anunció que estaba preparada, el médico entregó al coronel tres pliegos dentro de un sobre. Entró al cuarto, diciendo: «Es lo que no decían los periódicos de ayer.»

El coronel lo suponía. Era una síntesis de los últimos acontecimientos nacionales impresa en mimeógrafo para la circulación clandestina. Revelaciones sobre el estado de la resistencia armada en el interior del país. Se sintió demolido. Diez años de informaciones clandestinas no le habían enseñado que ninguna noticia era más soprendente que la del mes entrante. Había terminado de leer cuando el médico volvió a la sala.

—Esta paciente está mejor que yo —dijo—. Con un asma como ésa yo estaría preparado para vivir cien años.

El coronel lo miró sombriamente. Le devolvió el sobre sin pronunciar una palabra, pero el médico lo rechazó.

—Hágala circular —dijo en voz baja.

El coronel guardó el sobre en el bolsillo del pantalón. La mujer salió del cuarto diciendo: «Un día de éstos me muero y me lo llevo a los infiernos, doctor.» El médico respondió en silencio con el estereotipado esmalte de sus dientes. Rodó una silla hacia la mesita y extrajo del maletín varios frascos de muestras gratuitas. La mujer pasó de largo hacia la cocina.

—Espérese y le caliento el café.

—No, muchas gracias —dijo el médico. Escribió la dosis en una hoja del formulario—. Le niego rotundamente la oportunidad de envenenarme.

Ella rió en la cocina. Cuando acabó de escribir, el médico leyó la fórmula en voz alta pues tenía conciencia de que nadie podía descifrar su escritura. El coronel trató de concentrar la atención. De regreso de la cocina la mujer descubrió en su rostro los estragos de la noche anterior.

—Esta madrugada tuvo fiebre —dijo, refiriéndose a su marido—. Estuvo como dos horas diciendo disparates de la guerra civil.

El coronel se sobresaltó.

—No era fiebre —insistió, recobrando su compostura—. Además —dijo—, el día que me sienta mal no me pongo en manos de nadie. Me boto yo mismo en el cajón de la basura.

Fue al cuarto a buscar los periódicos.

—Gracias por la flor —dijo el médico.

Caminaron juntos hacia la plaza. El aire estaba seco. El betún de las calles empezaba a fundirse con el calor. Cuando el médico se despidió, el coronel le preguntó en voz baja, con los dientes apretados:

—Cuánto le debemos, doctor.

—Por ahora nada —dijo el médico, y le dio una palmadita en la espalda—. Ya le pasaré una cuenta gorda cuando gane el gallo.

El coronel se dirigió a la sastrería a llevar la carta clandestina a los compañeros de Agustín. Era su único refugio desde cuando sus copartidarios fueron muertos o expulsados del pueblo, y él quedó convertido en un hombre solo sin otra ocupación que esperar el correo todos los viernes.

El calor de la tarde estimuló el dinamismo de la mujer. Sentada entre las begonias del corredor junto a una caja de ropa inservible, hizo otra vez el eterno milagro de sacar prendas nuevas de la nada. Hizo cuellos de mangas y puños de tela de la espalda y remiendos cuadrados, perfectos, aun con retazos de diferente color. Una cigarra instaló su pito en el patio. El sol maduró. Pero ella no lo vio agonizar sobre las begonias. Sólo levantó la cabeza al anochecer cuando el coronel volvió a la casa. Entonces se apretó el cuello con las dos manos, se desajustó las coyunturas; dijo: «Tengo el cerebro tieso como un palo.»

—Siempre lo has tenido así —dijo el coronel, pero luego observó el cuerpo de la mujer enteramente cubierto de retazos de colores—. Pareces un pájaro carpintero.

—Hay que ser medio carpintero para vestirse —dijo ella. Extendió una camisa fabricada con género de tres colores diferentes, salvo el cuello y los puños que eran del mismo color—. En los carnavales te bastará con quitarte el saco.

La interrumpieron las campanadas de las seis. «El ángel del señor anunció a María», rezó en voz alta, dirigiéndose con la ropa al dormitorio. El coronel conversó con los niños que al salir de la escuela habían ido a contemplar el gallo. Luego recordó que no había maíz para el día siguiente y entró al dormitorio a pedir dinero a su mujer.

—Creo que ya no quedan sino cincuenta centavos —dijo ella.

Guardaba el dinero bajo la estera de la cama, anudado en la punta de un pañuelo. Era el producto de la máquina de coser de Agustín. Durante nueve meses habían gastado ese dinero centavo a centavo, repartiéndolo entre sus propias necesidades y las necesidades del gallo. Ahora sólo había dos monedas de a veinte y una de a diez centavos.

—Compras una libra de maíz —dijo la mujer—. Compras con los vueltos el café de mañana y cuatro onzas de queso.

—Y un elefante dorado para colgarlo en la puerta —prosiguió el coronel—. Sólo el maíz cuesta cuarenta y dos.

Pensaron un momento. «El gallo es un animal y por lo mismo puede esperar», dijo la mujer inicialmente. Pero la expresión de su marido la obligó a reflexionar. El coronel se sentó en la cama, los codos apoyados en las rodillas, haciendo sonar las monedas entre las manos. «No es por mí», dijo al cabo de un momento. «Si de mí dependiera haría esta misma noche un sancocho de gallo. Debe ser muy buena una indigestión de cincuenta pesos.» Hizo una pausa para destripar un zancudo en el cuello. Luego siguió a su mujer con la mirada alrededor del cuarto.

—Lo que me preocupa es que esos pobres muchachos están ahorrando.

Entonces ella empezó a pensar. Dio una vuelta completa con la bomba de insecticida. El coronel descubrió algo de irreal en su actitud, como si estuviera convocando para consultarlos a los espíritus de la casa. Por último puso la bomba sobre el altarcillo de litografías y fijó sus ojos color de almíbar en los ojos color de almíbar del coronel.

—Compra el maíz —dijo—. Ya sabrá Dios cómo hacemos nosotros para arreglarnos.

«Éste es el milagro de la multiplicación de los panes», repitió el coronel cada vez que se sentaron a la mesa en el curso de la semana siguiente. Con su asombrosa habilidad para componer, zurcir y remendar, ella parecía haber descubierto la clave para sostener la economía doméstica en el vacío. Octubre prolongó la tregua. La humedad fue sustituida por el sopor. Reconfortada por el sol de cobre la mujer destinó tres tardes a su laborioso peinado. «Ahora empieza la misa cantada», dijo el coronel la tarde en que ella desenredó las largas hebras azules con un peine de dientes separados. La segunda tarde, sentada en el patio con una sábana blanca en el regazo, utilizó un peine más fino para sacar los piojos que habían proliferado durante la crisis. Por último se lavó la cabeza con agua de alhucema, esperó a que secara, y se enrolló el cabello en la nuca en dos vueltas sostenidas con una peineta. El coronel esperó. De noche, desvelado en la hamaca, sufrió muchas horas por la suerte del gallo. Pero el miércoles lo pesaron y estaba en forma.

Esa misma tarde, cuando los compañeros de Agustín abandonaron la casa haciendo cuentas alegres sobre la victoria del gallo, también el coronel se sintió en forma. La mujer le cortó el cabello. «Me has quitado veinte años de encima», dijo él, examinándose la cabeza con las manos. La mujer pensó que su marido tenía razón.

—Cuando estoy bien soy capaz de resucitar un muerto —dijo.

Pero su convicción duró muy pocas horas. Ya no quedaba en la casa nada que vender, salvo el reloj y el cuadro. El jueves por la noche, en el último extremo de los recursos, la mujer manifestó su inquietud ante la situación.

—No te preocupes —la consoló el coronel—. Mañana viene el correo.

Al día siguiente esperó las lanchas frente al consultorio del médico.

—El avión es una cosa maravillosa —dijo el coronel, los ojos apoyados en el saco del correo—. Dicen que puede llegar a Europa en una noche.

«Así es», dijo el médico, abanicándose

con una revista ilustrada. El coronel descubrió al administrador postal en un grupo que esperaba el final de la maniobra para saltar a la lancha. Saltó el primero. Recibió del capitán un sobre lacrado. Después subió al techo. El saco del correo estaba amarrado entre dos tambores de petróleo.

—Pero no deja de tener sus peligros —dijo el coronel. Perdió de vista al administrador, pero lo recobró entre los frascos de colores del carrito de refrescos—. La humanidad no progresa de balde.

—En la actualidad es más seguro que una lancha —dijo el médico—. A veinte mil pies de altura se vuela por encima de las tempestades.

—Veinte mil pies —repitió el coronel, perplejo, sin concebir la noción de la cifra.

El médico se interesó. Estiró la revista con las dos manos hasta lograr una inmovilidad absoluta.

—Hay una estabilidad perfecta —dijo.

Pero el coronel estaba pendiente del administrador. Lo vio consumir un refresco de espuma rosada sosteniendo el vaso con la mano izquierda. Sostenía con la derecha el saco del correo.

—Además, en el mar hay barcos anclados en permanente contacto con los aviones nocturnos —siguió diciendo el médico—. Con tantas precauciones es más seguro que una lancha.

El coronel lo miró.

—Por supuesto —dijo—. Debe ser como las alfombras.

El administrador se dirigió directamente hacia ellos. El coronel retrocedió impulsado por una ansiedad irresistible tratando de descifrar el nombre escrito en el sobre lacrado. El administrador abrió el saco. Entregó al médico el paquete de los periódicos. Luego desgarró el sobre de la correspondencia privada, verificó la exactitud de la remesa y leyó en las cartas los nombres de los destinatarios. El médico abrió los periódicos.

—Todavía el problema de Suez —dijo, leyendo los titulares destacados—. El occidente pierde terreno.

El coronel no leyó los titulares. Hizo un esfuerzo para reaccionar contra su estómago. «Desde que hay censura los periódicos no hablan sino de Europa», dijo. «Lo mejor será que los europeos se vengan para acá y que nosotros nos vayamos para Europa. Así sabrá todo el mundo lo que pasa en su respectivo país.»

—Para los europeos América del Sur es un hombre de bigotes, con una guitarra y un revólver —dijo el médico, riendo sobre el periódico—. No entienden el problema.

El administrador le entregó la correspondencia. Metió el resto en el saco y lo volvió a cerrar. El médico se dispuso a leer dos cartas personales. Pero antes de romper los sobres miró al coronel. Luego miró al administrador.

—¿Nada para el coronel?

El coronel sintió el terror. El administrador se echó el saco al hombro, bajó el andén y respondió sin volver la cabeza:

—El coronel no tiene quien le escriba.

Contrariando su costumbre no se dirigió directamente a la casa. Tomó café en la sastrería mientras los compañeros de Agustín hojeaban los periódicos. Se sentía defraudado. Habría preferido permanecer allí hasta el viernes siguiente para no presentarse esa noche ante su mujer con las manos vacías. Pero cuando cerraron la sastrería tuvo que hacerle frente a la realidad. La mujer lo esperaba.

—Nada —preguntó.

—Nada —respondió el coronel.

El viernes siguiente volvió a las lanchas. Y como todos los viernes regresó a su casa sin la carta esperada. «Ya hemos cumplido con esperar», le dijo esa noche su mujer. «Se necesita tener esa paciencia de buey que tú tienes para esperar una carta durante quince años.» El coronel se metió en la hamaca a leer los periódicos.

—Hay que esperar el turno —dijo—. Nuestro número es el mil ochocientos veintitrés.

—Desde que estamos esperando, ese número ha salido dos veces en la lotería —replicó la mujer.

El coronel leyó, como siempre, desde la primera página hasta la última, incluso los avisos. Pero esta vez no se concentró. Durante la lectura pensó en su pensión de veterano. Diecinueve años antes, cuando el Congreso promulgó la ley, se inició un proceso de justificación que duró ocho años. Luego necesitó seis años más para hacerse incluir en el escalafón. Ésa fue la última carta que recibió el coronel.

Terminó después del toque de queda. Cuando iba a apagar la lámpara cayó en la cuenta de que su mujer estaba despierta.

—¿Tienes todavía aquel recorte?

La mujer pensó.

—Sí. Debe estar con los otros papeles.

Salió del mosquitero y extrajo del armario un cofre de madera con un paquete de cartas ordenadas por las fechas y aseguradas con una cinta elástica. Localizó un anuncio de una agencia de abogados que se comprometía a una gestión activa de las pensiones de guerra.

—Desde que estoy con el tema de que cambies de abogado ya hubiéramos tenido tiempo hasta de gastarnos la plata —dijo la mujer, entregando a su marido el recorte del periódico—. Nada sacamos con que nos la metan en el cajón como a los indios.

El coronel leyó el recorte fechado dos años antes. Lo guardó en el bolsillo de la camisa colgada detrás de la puerta.

—Lo malo es que para el cambio de abogado se necesitaría dinero.

—Nada de eso —decidió la mujer—. Se les escribe diciendo que descuenten lo que sea de la misma pensión cuando la cobren. Es la única manera de que se interesen en el asunto.

Así que el sábado en la tarde el coronel fue a visitar a su abogado. Lo encontró tendido a la bartola en una hamaca. Era un negro monumental sin nada más que los dos colmillos en la mándibula superior. Metió los pies en unas pantuflas con suelas de madera y abrió la ventana del despacho sobre una polvorienta pianola con papeles embutidos en los espacios de los rollos: recortes del *Diario*

Oficial pegados con goma en viejos cuadernos de contabilidad y una colección salteada de los boletines de la Contraloría. La pianola sin teclas servía al mismo tiempo de escritorio. El abogado se sentó en una silla de resortes. El coronel expuso su inquietud antes de revelar el propósito de su visita.

«Yo le advertí que la cosa no era de un día para el otro», dijo el abogado en una pausa del coronel. Estaba aplastado por el calor. Forzó hacia atrás los resortes de la silla y se abanicó con un cartón de propaganda.

—Mis agentes me escriben con frecuencia diciendo que no hay que desesperarse.

—Es lo mismo desde hace quince años —replicó el coronel—. Esto empieza a parecerse al cuento del gallo capón.

El abogado hizo una descripción muy gráfica de los vericuetos administrativos. La silla era demasiado estrecha para su nalgas otoñales. «Hace quince años era más fácil», dijo. «Entonces existía la asociación municipal de veteranos compuesta por elementos de los dos partidos.» Se llenó los pulmones de un aire abrasante y pronunció la sentencia como si acabara de inventarla.

—La unión hace la fuerza.

—En este caso no la hizo —dijo el coronel,

por primera vez dándose cuenta de su soledad—. Todos mis compañeros se murieron
esperando el correo.

El abogado no se alteró.

—La ley fue promulgada demasiado tarde
—dijo—. No todos tuvieron la suerte de
usted que fue coronel a los veinte años.
Además, no se incluyó una partida especial,
de manera que el gobierno ha tenido que
hacer remiendos en el presupuesto.

Siempre la misma historia. Cada vez que
el coronel la escuchaba padecía un sordo resentimiento. «Esto no es una limosna», dijo.
«No se trata de hacernos un favor. Nosotros
nos rompimos el cuero para salvar la repú-
blica.» El abogado se abrió de brazos.

—Así es, coronel —dijo—. La ingratitud
humana no tiene límites.

También esa historia la conocía el coronel.
Había empezado a escucharla al día siguiente
del tratado de Neerlandia, cuando el gobierno prometió auxilios de viaje e indemni-
zaciones a doscientos oficiales de la revolución. Acampado en torno a la gigantesca
ceiba de Neerlandia, un batallón revolucionario compuesto en gran parte por adolescentes
fugados de la escuela esperó durante tres
meses. Luego regresaron a sus casas por sus
propios medios y allí siguieron esperando.

Casi sesenta años después todavía el coronel esperaba.

Excitado por los recuerdos asumió una actitud trascendental. Apoyó en el hueso del muslo la mano derecha —puros huesos cosidos por fibras nerviosas— y murmuró:

—Pues yo he decidido tomar una determinación.

El abogado quedó en suspenso.

—¿Es decir?

—Cambio de abogado.

Una pata seguida por varios patitos amarillos entró al despacho. El abogado se incorporó para hacerla salir. «Como usted diga, coronel», dijo, espantando los animales. «Será como usted diga. Si yo pudiera hacer milagros no estaría viviendo en este corral.» Puso una verja de madera en la puerta del patio y regresó a la silla.

—Mi hijo trabajó toda su vida —dijo el coronel—. Mi casa está hipotecada. La ley de jubilaciones ha sido una pensión vitalicia para los abogados.

—Para mí no —protestó el abogado—. Hasta el último centavo se ha gastado en diligencias.

El coronel sufrió con la idea de haber sido injusto.

—Eso es lo que quise decir —corrigió. Se

secó la frente con la manga de la camisa—.
Con este calor se oxidan las tuercas de la
cabeza.

Un momento después el abogado revolvió
el despacho en busca del poder. El sol
avanzó hacia el centro de la escueta habitación construida con tablas sin cepillar. Después de buscar inútilmente por todas partes,
el abogado se puso a gatas, bufando, y cogió
un rollo de papeles bajo la pianola.

—Aquí está.

Entregó al coronel una hoja de papel se-
llado. «Tengo que escribirles a mis agentes
para que anulen las copias», concluyó. El coronel sacudió el polvo y se guardó la hoja en
el bolsillo de la camisa.

—Rómpala usted mismo —dijo el abogado.
«No», respondió el coronel. «Son veinte
años de recuerdos.» Y esperó a que el abogado siguiera buscando. Pero no lo hizo. Fue
hasta la hamaca a secarse el sudor. Desde allí
miró al coronel a través de una atmósfera re-
verberante.

—También necesito los documentos —dijo
el coronel.

—Cuáles.

—La justificación.

El abogado se abrió de brazos.

—Eso sí que será imposible, coronel.

El coronel se alarmó. Como tesorero de la revolución en la circunscripción de Macondo había realizado un penoso viaje de seis días con los fondos de la guerra civil en dos baúles amarrados al lomo de una mula. Llegó al campamento de Neerlandia arrastrando la mula muerta de hambre media hora antes de que se firmara el tratado. El coronel Aureliano Buendía —intendente general de las fuerzas revolucionarias en el litoral Atlántico— extendió el recibo de los fondos e incluyó los dos baúles en el inventario de la rendición.

—Son documentos de un valor incalculable —dijo el coronel—. Hay un recibo escrito de su puño y letra del coronel Aureliano Buendía.

—De acuerdo —dijo el abogado—. Pero esos documentos han pasado por miles y miles de manos en miles y miles de oficinas hasta llegar a quién sabe qué departamento del Ministerio de Guerra.

—Unos documentos de esa índole no pueden pasar inadvertidos para ningún funcionario —dijo el coronel.

—Pero en los últimos quince años han cambiado muchas veces los funcionarios —precisó el abogado—. Piense usted que ha habido siete presidentes y que cada presidente cambió por los menos diez veces su gabinete, y que cada ministro cambió sus empleados por lo menos cien veces.

—Pero nadie pudo llevarse los documentos para su casa —dijo el coronel—. Cada nuevo funcionario debió encontrarlos en su sitio.

El abogado se desesperó.

—Además, si esos papeles salen ahora del ministerio tendrán que someterse a un nuevo turno para el escalafón.

—No importa —dijo el coronel.

—Será cuestión de siglos.

—No importa. El que espera lo mucho espera lo poco.

Llevó a la mesita de la sala un block de papel rayado, la pluma, el tintero y una hoja de papel secante, y dejó abierta la puerta del cuarto por si tenía que consultar algo con su mujer. Ella rezó el rosario.

—¿A cómo estamos hoy?

—Veintisiete de octubre.

Escribió con una compostura aplicada, puesta la mano con la pluma en la hoja de papel secante, recta la columna vertebral para favorecer la respiración, como le enseñaron en la escuela. El calor se hizo insoportable en la sala cerrada. Una gota de sudor cayó en la carta. El coronel la recogió en el papel secante. Después trató de raspar las palabras disueltas, pero hizo un borrón. No se desesperó. Escribió una llamada y anotó al margen: «derechos adquiridos». Luego leyó todo el párrafo.

—¿Qué día me incluyeron en el escalafón?

La mujer no interrumpió la oración para pensar.

—Doce de agosto de 1949.

Un momento después empezó a llover. El coronel llenó una hoja de garabatos grandes, un poco infantiles, los mismos que le enseñaron en la escuela pública de Manaure. Luego una segunda hoja hasta la mitad, y firmó.

Leyó la carta a su mujer. Ella aprobó cada frase con la cabeza. Cuando terminó la lectura el coronel cerró el sobre y apagó la lámpara.

—Puedes decirle a alguien que te la saque a máquina.

—No —respondió el coronel—. Ya estoy cansado de andar pidiendo favores.

Durante media hora sintió la lluvia contra las palmas del techo. El pueblo se hundió en el diluvio. Después del toque de queda empezó la gota en algún lugar de la casa.

—Esto se ha debido hacer desde hace mucho tiempo —dijo la mujer—. Siempre es mejor entenderse directamente.

—Nunca es demasiado tarde —dijo el coronel, pendiente de la gotera—. Puede ser que todo esté resuelto cuando se cumpla la hipoteca de la casa.

—Faltan dos años —dijo la mujer.

Él encendió la lámpara para localizar la gotera en la sala. Puso debajo el tarro del gallo y regresó al dormitorio perseguido por el ruido metálico del agua en la lata vacía.

—Es posible que por el interés de ganarse la plata lo resuelvan antes de enero —dijo y se convenció a sí mismo—. Para entonces Agustín habrá cumplido su año y podremos ir al cine.

Ella rió en voz baja. «Ya ni siquiera me acuerdo de los monicongos», dijo. El coronel trató de verla a través del mosquitero.

—¿Cuándo fuiste al cine por última vez?

—En 1931 —dijo ella—. Daban *La voluntad del muerto.*

—¿Hubo puños?

—No se supo nunca. El aguacero se desgajó cuando el fantasma trataba de robarle el collar a la muchacha.

Los durmió el rumor de la lluvia. El coronel sintió un ligero malestar en los intestinos. Pero no se alarmó. Estaba a punto de sobrevivir a un nuevo octubre. Se envolvió en una manta de lana y por un momento percibió la pedregosa respiración de la mujer —remota— navegando en otro sueño. Entonces habló, perfectamente consciente.

La mujer despertó.

—¿Con quién hablas?

—Con nadie —dijo el coronel—. Estaba pensando que en la reunión de Macondo tuvimos razón cuando le dijimos al coronel Aureliano Buendía que no se rindiera. Eso fue lo que echó a perder el mundo.

Llovió toda la semana. El dos de noviembre —contra la voluntad del coronel— la mujer llevó flores a la tumba de Agustín. Volvió del cementerio con una nueva crisis. Fue una semana dura. Más dura que las cuatro semanas de octubre a las cuales el coronel no creyó sobrevivir. El médico estuvo a ver a la enferma y salió de la pieza gritando: «Con un asma como ésa yo estaría preparado para enterrar a todo el pueblo.» Pero habló a solas con el coronel y prescribió un régimen especial.

También el coronel sufrió una recaída. Agonizó muchas horas en el excusado, sudando hielo, sintiendo que se pudría y se caía a pedazos la flora de sus vísceras. «Es el invierno», se repitió sin desesperarse. «Todo será distinto cuando acabe de llover.» Y lo creyó realmente, seguro de estar vivo en el momento en que llegara la carta.

A él le correspondió esta vez remendar la economía doméstica. Tuvo que apretar los dientes muchas veces para solicitar crédito en las tiendas vecinas. «Es hasta la semana entrante», decía, sin estar seguro él mismo de que era cierto. «Es una platita que ha debido llegarme desde el viernes.» Cuando surgió de la crisis la mujer lo reconoció con estupor.

—Estás en el hueso pelado —dijo.

—Me estoy cuidando para venderme —dijo el coronel—. Ya estoy encargado por una fábrica de clarinetes.

Pero en realidad estaba apenas sostenido por la esperanza de la carta. Agotado, los huesos molidos por la vigilia, no pudo ocuparse al mismo tiempo de sus necesidades y del gallo. En la segunda quincena de noviembre creyó que el animal se moriría después de dos días sin maíz. Entonces se acordó de un pañuelo de habichuelas que había colgado en julio sobre la hornilla. Abrió las vainas y puso al gallo un tarro de semillas secas.

—Ven acá —dijo.

—Un momento —respondió el coronel, observando la reacción del gallo—. A buena hambre no hay mal pan.

Encontró a su esposa tratando de incorporarse en la cama. El cuerpo estragado exhalaba un vaho de hierbas medicinales. Ella pronunció las palabras, una a una, con una precisión calculada:

—Sales inmediatamente de ese gallo.

El coronel había previsto aquel momento. Lo esperaba desde la tarde en que acribillaron a su hijo y él decidió conservar el gallo. Había tenido tiempo de pensar.

—Ya no vale la pena —dijo—. Dentro de tres meses será la pelea y entonces podremos venderlo a mejor precio.

—No es cuestión de plata —dijo la mujer—. Cuando vengan los muchachos les dices que se lo lleven y hagan con él lo que les dé la gana.

—Es por Agustín —dijo el coronel con un argumento previsto—. Imagínate la cara con que hubiera venido a comunicarnos la victoria del gallo.

La mujer pensó efectivamente en su hijo.

«Esos malditos gallos fueron su perdición», gritó. «Si el tres de enero se hubiera quedado en la casa no lo hubiera sorprendido la mala hora.» Dirigió hacia la puerta un índice escuálido y exclamó:

—Me parece que lo estuviera viendo cuando salió con el gallo debajo del brazo. Le advertí que no fuera a buscar una mala hora en la gallera y él me mostró los dientes y me dijo: «Cállate, que esta tarde nos vamos a podrir de plata.»

Cayó extenuada. El coronel la empujó sua-

vemente hacia la almohada. Sus ojos tropeza-
ron con otros ojos exactamente iguales a los
suyos. «Trata de no moverte», dijo, sintiendo los silbidos dentro de sus propios
pulmones. La mujer cayó en un sopor mo-
mentáneo. Cerró los ojos. Cuando volvió
a abrirlos su respiración parecía más reposada.

—Es por la situación en que estamos
—dijo—. Es pecado quitarnos el pan de la
boca para echárselo a un gallo.

El coronel le secó la frente con la sábana.

—Nadie se muere en tres meses.

—Y mientras tanto qué comemos —preguntó la mujer.

—No sé —dijo el coronel—. Pero si nos
fuéramos a morir de hambre ya nos hubiéramos muerto.

El gallo estaba perfectamente vivo frente
al tarro vacío. Cuando vio al coronel emitió
un monólogo gutural, casi humano, y echó
la cabeza hacia atrás. Él le hizo una sonrisa
de complicidad:

—La vida es dura, camarada.

Salió a la calle. Vagó por el pueblo en
siesta, sin pensar en nada, ni siquiera tratando de convencerse de que su problema no
tenía solución. Anduvo por calles olvidadas
hasta cuando se encontró agotado. Entonces

volvió a casa. La mujer lo sintió entrar y lo llamó al cuarto.

—¿Qué?

Ella respondió sin mirarlo.

—Que podemos vender el reloj.

El coronel había pensado en eso. «Estoy segura de que Álvaro te da cuarenta pesos en seguida», dijo la mujer. «Fíjate la facilidad con que compró la máquina de coser.»

Se refería al sastre para quien trabajó Agustín.

—Se le puede hablar por la mañana —admitió el coronel.

—Nada de hablar por la mañana —precisó ella—. Le llevas ahora mismo el reloj, se lo pones en la mesa y le dices: «Álvaro, aquí le traigo este reloj para que me lo compre.» Él entenderá en seguida.

El coronel se sintió desgraciado.

—Es como andar cargando el santo sepulcro —protestó—. Si me ven por la calle con semejante escaparate me sacan en una canción de Rafael Escalona.

Pero también esta vez su mujer lo convenció. Ella misma descolgó el reloj, lo envolvió en periódicos, y se lo puso entre las manos. «Aquí no vuelves sin los cuarenta pesos», dijo. El coronel se dirigió a la sastrería con el envoltorio bajo el brazo. Encontró a los compañeros de Agustín sentados a la puerta.

Uno de ellos le ofreció un asiento. Al coronel se le embrollaban las ideas. «Gracias», dijo. «Voy de paso.» Álvaro salió de la sastrería. En un alambre tendido entre dos horcones del corredor colgó una pieza de dril mojada. Era un muchacho de formas duras, angulosas, y ojos alucinados. También él lo invitó a sentarse. El coronel se sintió reconfortado. Recostó el taburete contra el marco de la puerta y se sentó a esperar que Álvaro quedara solo para proponerle el negocio. De pronto se dio cuenta de que estaba rodeado de rostros herméticos.

—No interrumpo —dijo.

Ellos protestaron. Uno se inclinó hacia él. Dijo, con una voz apenas perceptible:

—Escribió Agustín.

El coronel observó la calle desierta.

—¿Qué dice?

—Lo mismo de siempre.

Le dieron la hoja clandestina. El coronel la guardó en el bolsillo del pantalón. Luego permaneció en silencio tamborileando sobre el emboltorio hasta cuando se dio cuenta de que alguien lo había advertido. Quedó en suspenso.

—¿Qué lleva ahí, coronel?

El coronel eludió los penetrantes ojos verdes de Germán.

—Nada —mintió—. Que le llevo el reloj al alemán para que me lo componga.

«No sea bobo, coronel», dijo Germán, tratando de apoderarse del envoltorio. «Espérese y lo examino.»

Él resistió. No dijo nada pero sus párpados se volvieron cárdenos. Los otros insistieron.

—Déjelo, coronel. Él sabe de mecánica.

—Es que no quiero molestarlo.

—Qué molestarlo ni qué molestarlo —discutió Germán. Cogió el reloj—. El alemán le arranca diez pesos y se lo deja lo mismo.

Entró en la sastrería con el reloj. Álvaro cosía a máquina. En el fondo, bajo una guitarra colgada de un clavo, una muchacha pegaba botones. Había un letrero clavado sobre la guitarra: «Prohibido hablar de política.» El coronel sintió que le sobraba el cuerpo. Apoyó los pies en el travesaño del taburete.

—Mierda, coronel.

Se sobresaltó. «Sin malas palabras», dijo.

Alfonso se ajustó los anteojos a la nariz para examinar mejor los botines del coronel.

—Es por los zapatos —dijo—. Está usted estrenando unos zapatos del carajo.

—Pero se puede decir sin malas palabras —dijo el coronel, y mostró las suelas de sus botines de charol—. Estos monstruos tienen cuarenta años y es la primera vez que oyen una mala palabra.

«Ya está», gritó Germán adentro, al tiempo con la campana del reloj. En la casa vecina una mujer golpeó la pared divisoria; gritó:

—Dejen esa guitarra, que todavía Agustín no tiene un año.

Estalló una carcajada.

—Es un reloj.

Germán salió con el envoltorio.

—No era nada —dijo—. Si quiere lo acompaño a la casa para ponerlo a nivel.

El coronel rehusó el ofrecimiento.

—¿Cuánto te debo?

—No se preocupe, coronel —respondió Germán ocupando su sitio en el grupo—. En enero paga el gallo.

El coronel encontró entonces una ocasión perseguida.

—Te propongo una cosa —dijo.

—¿Qué?

—Te regalo el gallo —examinó los rostros en contorno—. Les regalo el gallo a todos ustedes.

Germán lo miró perplejo.

«Ya yo estoy muy viejo para eso», siguió diciendo el coronel. Imprimió a su voz una severidad convincente. «Es demasiada responsabilidad para mí. Desde hace días tengo la impresión de que ese animal se está muriendo.»

—No se preocupe, coronel —dijo Alfonso—. Lo que pasa es que en esta época el gallo está emplumando. Tienen fiebre en los cañones.

—El mes entrante estará bien —confirmó Germán.

—De todos modos no lo quiero —dijo el coronel.

Germán lo penetró con sus pupilas.

—Dése cuenta de las cosas, coronel —insistió—. Lo importante es que sea usted quien ponga en la gallera el gallo de Agustín.

El coronel lo pensó. «Me doy cuenta», dijo. «Por eso lo he tenido hasta ahora.» Apretó los dientes y se sintió con fuerzas para avanzar:

—Lo malo es que todavía faltan tres meses.

Germán fue quien comprendió.

—Si no es nada más que por eso no hay problema —dijo.

Y propuso su fórmula. Los otros aceptaron. Al anochecer, cuando entró a la casa con el envoltorio bajo el brazo, su mujer sufrió una desilusión.

—Nada —preguntó.

—Nada —respondió el coronel—. Pero ahora no importa. Los muchachos se encargarán de alimentar el gallo.

—Espérese y le presto un paraguas, compadre.

Don Sabas abrió un armario empotrado en el muro de la oficina. Descubrió un interior confuso, con botas de montar apelotonadas, estribos y correas y un cubo de aluminio lleno de espuelas de caballero. Colgados en la parte superior, media docena de paraguas y una sombrilla de mujer. El coronel pensó en los destrozos de una catástrofe.

«Gracias, compadre», dijo acodado en la ventana. «Prefiero esperar a que escampe.» Don Sabas no cerró el armario. Se instaló en el escritorio dentro de la órbita del ventilador eléctrico. Luego extrajo de la gaveta una jeringuilla hipodérmica envuelta en algodones. El coronel contempló los almendros plomizos a través de la lluvia. Era una tarde desierta.

—La lluvia es distinta desde esta ventana —dijo—. Es como si estuviera lloviendo en otro pueblo.

—La lluvia es la lluvia desde cualquier parte —replicó don Sabas. Puso a hervir la jeringuilla sobre la cubierta de vidrio del escritorio—. Éste es un pueblo de mierda.

El coronel se encogió de hombros. Caminó hacia el interior de la oficina: un salón de baldosas verdes con muebles forrados en telas de colores vivos. Al fondo, amontonados en desorden, sacos de sal, pellejos de miel y sillas de montar. Don Sabas lo siguió con una mirada completamente vacía.

—Yo en su lugar no pensaría lo mismo —dijo el coronel.

Se sentó con las piernas cruzadas, fija la mirada tranquila en el hombre inclinado sobre el escritorio. Un hombre pequeño, voluminoso pero de carnes fláccidas, con una tristeza de sapo en los ojos.

—Hágase ver el médico, compadre —dijo don Sabas—. Usted está un poco fúnebre desde el día del entierro.

El coronel levantó la cabeza.

—Estoy perfectamente bien —dijo.

Don Sabas esperó a que hirviera la jeringuilla. «Si yo pudiera decir lo mismo», se lamentó. «Dichoso usted que puede comerse un estribo de cobre.» Contempló el peludo envés de sus manos salpicadas de lunares pardos. Usaba una sortija de piedra negra sobre el anillo de matrimonio.

—Así es —admitió el coronel.

Don Sabas llamó a su esposa a través de la puerta que comunicaba la oficina con el resto de la casa. Luego inició una adolorida explicación de su régimen alimenticio. Extrajo un frasquito del bolsillo de la camisa y puso sobre el escritorio una pastilla blanca del tamaño de un grano de habichuela.

—Es un martirio andar con esto por todas partes —dijo—. Es como cargar la muerte en el bolsillo.

El coronel se acercó al escritorio. Examinó la pastilla en la palma de la mano hasta cuando don Sabas lo invitó a saborearla.

—Es para endulzar el café —le explicó—. Es azúcar, pero sin azúcar.

—Por supuesto —dijo el coronel, la saliva impregnada de una dulzura triste—. Es algo así como repicar pero sin campanas.

Don Sabas se acodó al escritorio con el rostro entre las manos después de que su mujer le aplicó la inyección. El coronel no supo qué hacer con su cuerpo. La mujer desconectó el ventilador eléctrico, lo puso sobre la caja blindada y luego se dirigió al armario.

—El paraguas tiene algo que ver con la muerte —dijo.

El coronel no le puso atención. Había salido de su casa a las cuatro con el propósito de esperar el correo, pero la lluvia lo obligó a refugiarse en la oficina de don Sabas. Aún llovía cuando pitaron las lanchas.

«Todo el mundo dice que la muerte es una mujer», siguió diciendo la mujer. Era corpulenta, más alta que su marido, y con una verruga pilosa en el labio superior. Su manera de hablar recordaba el zumbido del ventilador eléctrico. «Pero a mí no me parece que sea una mujer», dijo. Cerró el armario y se volvió a consultar la mirada del coronel:

—Yo creo que es un animal con pezuñas.

—Es posible —admitió el coronel—. A veces suceden cosas muy extrañas.

Pensó en el administrador de correos saltando a la lancha con un impermeable de hule. Había transcurrido un mes desde cuando cambió de abogado. Tenía derecho a esperar una respuesta. La mujer de don Sabas siguió hablando de la muerte hasta cuando advirtió la expresión absorta del coronel.

—Compadre —dijo—. Usted debe tener una preocupación.

El coronel recuperó su cuerpo.

—Así es, comadre —mintió—. Estoy pensando que ya son las cinco y no se le ha puesto la inyección al gallo.

Ella quedó perpleja.

—Una inyección para un gallo como si fuera un ser humano —gritó—. Eso es un sacrilegio.

Don Sabas no soportó más. Levantó el rostro congestionado.

—Cierra la boca un minuto —ordenó a su mujer. Ella se llevó efectivamente las manos a la boca—. Tienes media hora de estar molestando a mi compadre con tus tonterías.

—De ninguna manera —protestó el coronel.

La mujer dio un portazo. Don Sabas se secó el cuello con un pañuelo impregnado de lavanda. El coronel se acercó a la ventana. Llovía implacablemente. Una gallina de largas patas amarillas atravesaba la plaza desierta.

—¿Es cierto que están inyectando al gallo?

—Es cierto —dijo el coronel—. Los entrenamientos empiezan la semana entrante.

—Es una temeridad —dijo don Sabas—. Usted no está para esas cosas.

—De acuerdo —dijo el coronel—. Pero ésa no es una razón para torcerle el pescuezo.

—Es una terquedad idiota —dijo don Sabas dirigiéndose a la ventana.

El coronel percibió una respiración de fuelle. Los ojos de su compadre le producían piedad.

—Siga mi consejo, compadre —dijo don Sabas—. Venda ese gallo antes que sea demasiado tarde.

—Nunca es demasiado tarde para nada —dijo el coronel.

—No sea irrazonable —insistió don Sabas—. Es un negocio de dos filos. Por un lado se quita de encima ese dolor de cabeza y por el otro se mete novecientos pesos en el bolsillo.

—Novecientos pesos —exclamó el coronel.

—Novecientos pesos.

El coronel concibió la cifra.

—¿Usted cree que darán ese dineral por el gallo?

—No es que lo crea —respondió don Sabas—. Es que estoy absolutamente seguro.

Era la cifra más alta que el coronel había tenido en su cabeza después de que restituyó los fondos de la revolución. Cuando salió de la oficina de don Sabas sentía una fuerte torcedura en las tripas, pero tenía conciencia de que esta vez no era a causa del tiempo. En la oficina de correos se dirigió directamente al administrador:

—Estoy esperando una carta urgente —dijo—. Es por avión.

El administrador buscó en las casillas clasificadas. Cuando acabó de leer repuso las cartas en la letra correspondiente pero no dijo nada. Se sacudió la palma de las manos y dirigió al coronel una mirada significativa.

—Tenía que llegarme hoy con seguridad —dijo el coronel.

El administrador se encogió de hombros.

—Lo único que llega con seguridad es la muerte, coronel.

Su esposa lo recibió con un plato de mazamorra de maíz. Él la comió en silencio con largas pausas para pensar entre cada cucharada. Sentada frente a él la mujer advirtió que algo había cambiado en la casa.

—Qué te pasa —preguntó.

—Estoy pensando en el empleado de quien depende la pensión —mintió el coronel—. Dentro de cincuenta años nosotros estaremos tranquilos bajo tierra mientras ese pobre hombre agonizará todos los viernes esperando su jubilación.

«Mal síntoma», dijo la mujer. «Eso quiere decir que ya empiezas a resignarte.» Siguió con su mazamorra. Pero un momento después se dio cuenta de que su marido continuaba ausente.

—Ahora lo que debes hacer es aprovechar la mazamorra.

—Está muy buena —dijo el coronel—. ¿De dónde salió?

—Del gallo —respondió la mujer—. Los muchachos le han traído tanto maíz, que decidió compartirlo con nosotros. Así es la vida.

—Así es —suspiró el coronel—. La vida es la cosa mejor que se ha inventado.

Miró al gallo amarrado en el soporte de la hornilla y esta vez le pareció un animal diferente. También la mujer lo miró.

—Esta tarde tuve que sacar a los niños con un palo —dijo—. Trajeron una gallina vieja para enrazarla con el gallo.

—No es la primera vez —dijo el coronel—. Es lo mismo que hacían en los pueblos con el coronel Aureliano Buendía. Le llevaban muchachitas para enrazar.

Ella celebró la ocurrencia. El gallo produjo un sonido gutural que llegó hasta el corredor como una sorda conversación humana. «A veces pienso que ese animal va a hablar», dijo la mujer. El coronel volvió a mirarlo.

—Es un gallo contante y sonante —dijo.

Hizo cálculos mientras sorbía una cucharada de mazamorra—. Nos dará para comer tres años.

La ilusión no se come —dijo la mujer.

—No se come, pero alimenta —replicó el coronel—. Es algo así como las pastillas milagrosas de mi compadre Sabas.

Durmió mal esa noche tratando de borrar cifras de su cabeza. Al día siguiente, al almuerzo, la mujer sirvió dos platos de mazamorra y consumió el suyo con la cabeza baja, sin pronunciar una palabra. El coronel se sintió contagiado de un humor sombrío.

—Qué te pasa.

—Nada —dijo la mujer.

Él tuvo la impresión de que esta vez le había correspondido a ella el turno de mentir. Trató de consolarla. Pero la mujer insistió.

—No es nada raro —dijo—. Estoy pensando que el muerto va a tener dos meses y todavía no he dado el pésame.

Así que fue a darlo esa noche. El coronel la acompañó a la casa del muerto y luego se dirigió al salón de cine atraído por la música de los altavoces. Sentado a la puerta de su despacho el padre Ángel vigilaba el ingreso para saber quiénes asistían al espectáculo a pesar de sus doce advertencias. Los chorros de luz, la música estridente y los gritos de los niños oponían una resistencia física en el sector. Uno de los niños amenazó al coronel con una escopeta de palo.

—Qué hay del gallo, coronel —dijo con voz autoritaria.

El coronel levantó las manos.

—Ahí está el gallo.

Un cartel a cuatro tintas ocupaba enteramente la fachada del salón: *Virgen de medianoche.* Era una mujer en traje de baile con una pierna descubierta hasta el muslo. El coronel siguió vagando por los alrededores hasta cuando estallaron truenos y relámpagos remotos. Entonces volvió por su mujer.

No estaba en la casa del muerto. Tampoco en la suya. El coronel calculó que faltaba muy poco para el toque de queda, pero el reloj estaba parado. Esperó, sintiendo avanzar la tempestad hacia el pueblo. Se disponía a salir de nuevo cuando su mujer entró a la casa.

Llevó el gallo al dormitorio. Ella se cambió la ropa y fue a tomar agua en la sala en el momento en que el coronel terminaba de dar cuerda al reloj y esperaba el toque de queda para poner la hora.

—¿Dónde estabas? —preguntó el coronel.

«Por ahí», respondió la mujer. Puso el

vaso en el tinajero sin mirar a su marido y volvió al dormitorio. «Nadie creía que fuera a llover tan temprano.» El coronel no hizo ningún comentario. Cuando sonó el toque de queda puso el reloj en las once, cerró el vidrio y colocó la silla en su puesto. Encontró a su mujer rezando el rosario.

—No me has contestado una pregunta —dijo el coronel.

—Cuál.

—¿Dónde estabas?

—Me quedé hablando por ahí —dijo ella—. Hacía tanto tiempo que no salía a la calle.

El coronel colgó la hamaca. Cerró la casa y fumigó la habitación. Luego puso la lámpara en el suelo y se acostó.

—Te comprendo —dijo tristemente—. Lo peor de la mala situación es que lo obliga a uno a decir mentiras.

Ella exhaló un largo suspiro.

—Estaba donde el padre Ángel —dijo—. Fui a solicitarle un préstamo sobre los anillos de matrimonio.

—¿Y qué te dijo?

—Que es pecado negociar con las cosas sagradas.

Siguió hablando desde el mosquitero. «Hace dos días traté de vender el reloj», dijo. «A nadie le interesa porque están vendiendo a plazos unos relojes modernos con números luminosos. Se puede ver la hora en la oscuridad.» El coronel comprobó que cuarenta años de vida común, de hambre común, de sufrimientos comunes, no le habían bastado para conocer a su esposa. Sintió que algo había envejecido también en el amor.

—Tampoco quieren el cuadro —dijo ella—. Casi todo el mundo tiene el mismo. Estuve hasta donde los turcos.

El coronel se encontró amargo.

—De manera que ahora todo el mundo sabe que nos estamos muriendo de hambre.

—Estoy cansada —dijo la mujer—. Los hombres no se dan cuenta de los problemas de la casa. Varias veces he puesto a hervir piedras para que los vecinos no sepan que tenemos muchos días de no poner la olla.

El coronel se sintió ofendido.

—Eso es una verdadera humillación —dijo.

La mujer abandonó el mosquitero y se dirigió a la hamaca. «Estoy dispuesta a acabar con los remilgos y las contemplaciones en esta casa», dijo. Su voz empezó a oscurecerse de cólera. «Estoy hasta la coronilla de resignación y dignidad.»

El coronel no movió un músculo.

—Veinte años esperando los pajaritos de colores que te prometieron después de cada elección y de todo eso nos queda un hijo muerto —prosiguió ella—. Nada más que un hijo muerto.

El coronel estaba acostumbrado a esa clase de recriminaciones.

—Cumplimos con nuestro deber —dijo.

—Y ellos cumplieron con ganarse mil pesos mensuales en el senado durante veinte años —replicó la mujer—. Ahí tienes a mi compadre Sabas con una casa de dos pisos que no le alcanza para meter la plata, un hombre que llegó al pueblo vendiendo medicinas con una culebra enrollada en el pescuezo.

—Pero se está muriendo de diabetes —dijo el coronel.

—Y tú te estás muriendo de hambre —dijo la mujer—. Para que te convenzas que la dignidad no se come.

La interrumpió el relámpago. El trueno se despedazó en la calle, entró al dormitorio y pasó rodando por debajo de la cama como un tropel de piedras. La mujer saltó hacia el mosquitero en busca del rosario.

El coronel sonrió.

—Esto te pasa por no frenar la lengua

—dijo—. Siempre te he dicho que Dios es mi copartidario.

Pero en realidad se sentía amargado. Un momento después apagó la lámpara y se hundió a pensar en una oscuridad cuarteada por los relámpagos. Se acordó de Macondo. El coronel esperó diez años a que se cumplieran las promesas de Neerlandia. En el sopor de la siesta vio llegar un tren amarillo y polvoriento con hombres y mujeres y animales asfixiándose de calor, amontonados hasta en el techo de los vagones. Era la fiebre del banano. En veinticuatro horas transformaron el pueblo. «Me voy», dijo entonces el coronel. «El olor del banano me descompone los intestinos.» Y abandonó a Macondo en el tren de regreso, el miércoles veintisiete de junio de mil novecientos seis a las dos y dieciocho minutos de la tarde. Necesitó medio siglo para darse cuenta de que no había tenido un minuto de sosiego después de la rendición de Neerlandia.

Abrió los ojos.

—Entonces no hay que pensarlo más —dijo.

—Qué.

—La cuestión del gallo —dijo el coronel—. Mañana mismo se lo vendo a mi compadre Sabas por novecientos pesos.

A través de la ventana penetraron a la oficina los gemidos de los animales castrados revueltos con los gritos de don Sabas. «Si no viene dentro de diez minutos, me voy», se prometió el coronel, después de dos horas de espera. Pero esperó veinte minutos más. Se disponía a salir cuando don Sabas entró a la oficina seguido por un grupo de peones. Pasó varias veces frente al coronel sin mirarlo. Sólo lo descubrió cuando salieron los peones.

—¿Usted me está esperando, compadre?

—Sí, compadre —dijo el coronel—. Pero si está muy ocupado puedo venir más tarde.

Don Sabas no lo escuchó desde el otro lado de la puerta.

—Vuelvo en seguida —dijo.

Era un mediodía ardiente. La oficina resplandecía con la reverberación de la calle. Embotado por el calor, el coronel cerró los ojos involuntariamente y en seguida empezó a soñar con su mujer. La esposa de don Sabas entró de puntillas.

—No despierte, compadre —dijo—. Voy a cerrar las persianas porque esta oficina es un infierno.

El coronel la persiguió con una mirada completamente inconsciente. Ella habló en la penumbra cuando cerró la ventana.

—¿Usted sueña con frecuencia?

—A veces —respondió el coronel, avergonzado de haber dormido—. Casi siempre sueño que me enredo en telarañas.

—Yo tengo pesadillas todas las noches —dijo la mujer—. Ahora se me ha dado por saber quién es esa gente desconocida que uno se encuentra en los sueños.

Conectó el ventilador eléctrico. «La semana pasada se me apareció una mujer en la cabecera de la cama», dijo. «Tuve el valor de preguntarle quién era y ella me contestó: soy la mujer que murió hace doce años en este cuarto.»

—La casa fue construida hace apenas dos años —dijo el coronel.

—Así es —dijo la mujer—. Eso quiere decir que hasta los muertos se equivocan.

El zumbido del ventilador eléctrico consolidó la penumbra. El coronel se sintió impaciente, atormentado por el sopor y por la bordoneante mujer que pasó directamente de los sueños al misterio de la reencarnación. Esperaba una pausa para despedirse cuando don Sabas entró a la oficina con su capataz.

—Te he calentado la sopa cuatro veces —dijo la mujer.

—Si quieres caliéntala diez veces —dijo don Sabas—. Pero ahora no me friegues la paciencia.

Abrió la caja de caudales y entregó a su capataz un rollo de billetes junto con una serie de instrucciones. El capataz descorrió las persianas para contar el dinero. Don Sabas vio al coronel en el fondo de la oficina pero no reveló ninguna reacción. Siguió conversando con el capataz. El coronel se incorporó en el momento en que los dos hombres se disponían a abandonar de nuevo la oficina.

Don Sabas se detuvo antes de abrir la puerta.

—¿Qué es lo que se le ofrece, compadre?

El coronel comprobó que el capataz lo miraba.

—Nada, compadre —dijo—. Que quisiera hablar con usted.

—Lo que sea dígamelo en seguida —dijo don Sabas—. No puedo perder un minuto.

Permaneció en suspenso con la mano apoyada en el pomo de la puerta. El coronel sintió pasar los cinco segundos más largos de su vida. Apretó los dientes.

—Es para la cuestión del gallo —murmuró.

Entonces don Sabas acabó de abrir la puerta. «La cuestión del gallo», repitió sonriendo, y empujó al capataz hacia el corredor. «El mundo cayéndose y mi compadre pendiente de ese gallo.» Y luego, dirigiéndose al coronel:

—Muy bien, compadre. Vuelvo en seguida.

El coronel permaneció inmóvil en el centro de la oficina hasta cuando acabó de oír las pisadas de los dos hombres en el extremo del corredor. Después salió a caminar por el pueblo paralizado en la siesta dominical. No había nadie en la sastrería. El consultorio del médico estaba cerrado. Nadie vigilaba la mercancía expuesta en los almacenes de los sirios. El río era una lámina de acero. Un hombre dormía en el puerto sobre cuatro tambores de petróleo, el rostro protegido del sol por un sombrero. El coronel se dirigió a su casa con la certidumbre de ser la única cosa móvil en el pueblo.

La mujer lo esperaba con un almuerzo completo.

—Hice un fiado con la promesa de pagar mañana temprano —explicó.

Durante el almuerzo del coronel le contó los incidentes de las tres últimas horas. Ella lo escuchó impaciente.

—Lo que pasa es que a ti te falta carácter —dijo luego—. Te presentas como si fueras a pedir una limosna cuando debías llegar con la cabeza levantada y llamar aparte a mi compadre y decirle: «Compadre, he decidido venderle el gallo.»

—Así la vida es un soplo —dijo el coronel.

Ella asumió una actitud enérgica. Esa mañana había puesto la casa en orden y estaba vestida de una manera insólita, con los zapatos de su marido, un delantal de hule y un trapo amarrado en la cabeza con dos nudos en las orejas. «No tienes el menor sentido de los negocios», dijo. «Cuando se va a vender una cosa hay que poner la misma cara con que se va a comprar.»

El coronel descubrió algo divertido en su figura.

—Quédate así como estás —la interrumpió sonriendo—. Eres idéntica al hombrecito de la avena Quaker.

Ella se quitó el trapo de la cabeza.

—Te estoy hablando en serio —dijo—. Ahora mismo llevo el gallo a mi compadre y te apuesto lo que quieras que regreso dentro de media hora con los novecientos pesos.

—Se te subieron los ceros a la cabeza —dijo el coronel—. Ya empiezas a jugar la plata del gallo.

Le costó trabajo disuadirla. Ella había dedicado la mañana a organizar mentalmente el programa de tres años sin la agonía de los viernes. Preparó la casa para recibir los novecientos pesos. Hizo una lista de las cosas esenciales de que carecían, sin olvidar un par de zapatos nuevos para el coronel. Destinó en el dormitorio un sitio para el espejo. La momentánea frustración de sus proyectos le produjo una confusa sensación de vergüenza y resentimiento.

Hizo una corta siesta. Cuando se incorporó, el coronel estaba sentado en el patio.

—Y ahora qué haces —preguntó ella.

—Estoy pensando —dijo el coronel.

—Entonces está resuelto el problema. Ya se podrá contar con esa plata dentro de cincuenta años.

Pero en realidad el coronel había decidido vender el gallo esa misma tarde. Pensó en don Sabas, solo en su oficina, preparándose frente al ventilador eléctrico para la inyección diaria. Tenía previstas sus respuestas.

—Lleva el gallo —le recomendó su mujer al salir—. La cara del santo hace el milagro.

El coronel se opuso. Ella lo persiguió hasta la puerta de la calle con una desesperada ansiedad.

—No importa que esté la tropa en su oficina —dijo—. Lo agarras por el brazo y no lo dejes moverse hasta que no te dé los novecientos pesos.

—Van a creer que estamos preparando un asalto.

Ella no le hizo caso.

—Acuérdate que tú eres el dueño del gallo —insistió—. Acuérdate que eres tú quien va a hacerle el favor.

—Bueno.

Don Sabas estaba con el médico en el dormitorio. «Aprovéchalo ahora, compadre», le dijo su esposa al coronel. «El doctor le está preparando para viajar a la finca y no vuelve hasta el jueves.» El coronel se debatió entre dos fuerzas contrarias: a pesar de su determinación de vender el gallo quiso haber llegado una hora más tarde para no encontrar a don Sabas.

—Puedo esperar —dijo.

Pero la mujer insistió. Lo condujo al dormitorio donde estaba su marido sentado en la cama tronal, en calzoncillos, fijos en el médico los ojos sin color. El coronel esperó hasta cuando el médico levantó el tubo de vidrio con la orina del paciente, olfateó el vapor e hizo a don Sabas un signo aprobatorio.

—Habrá que fusilarlo —dijo el médico dirigiéndose al coronel—. La diabetes es demasiado lenta para acabar con los ricos.

«Ya usted ha hecho lo posible con sus malditas inyecciones de insulina», dijo don Sabas, y dio un salto sobre sus nalgas fláccidas. «Pero yo soy un clavo duro de morder.»

Y luego, hacia el coronel:

—Adelante, compadre. Cuando salí a buscarlo esta tarde no encontré ni el sombrero.

—No lo uso para no tener que quitármelo delante de nadie.

Don Sabas empezó a vestirse. El médico se metió en el bolsillo del saco un tubo de cristal con una muestra de sangre. Luego puso orden en el maletín. El coronel pensó que se disponía a despedirse.

—Yo en su lugar le pasaría a mi compadre una cuenta de cien mil pesos, doctor —dijo—. Así no estará tan ocupado.

—Ya le he propuesto el negocio, pero con un millón —dijo el médico—. La pobreza es el mejor remedio contra la diabetes.

«Gracias por la receta», dijo don Sabas tratando de meter su vientre voluminoso en los pantalones de montar. «Pero no la acepto para evitarle a usted la calamidad de ser rico.» El médico vio sus propios dientes reflejados en la cerradura niquelada del maletín. Miró el reloj sin manifestar impaciencia. En el momento de ponerse las botas don Sabas se dirigió al coronel intempestivamente.

—Bueno, compadre, qué es lo que pasa con el gallo.

El coronel se dio cuenta de que también el médico estaba pendiente de su respuesta. Apretó los dientes.

—Nada, compadre —murmuró—. Que vengo a vendérselo.

Don Sabas acabó de ponerse las botas.

—Muy bien, compadre —dijo sin emoción—. Es la cosa más sensata que se le podía ocurrir.

—Ya yo estoy muy viejo para estos enredos —se justificó el coronel frente a la expresión impenetrable del médico—. Si tuviera veinte años menos sería diferente.

—Usted siempre tendrá veinte años menos —replicó el médico.

El coronel recuperó el aliento. Esperó a que don Sabas dijera algo más, pero no lo hizo. Se puso una chaqueta de cuero con cerradura de cremallera y se preparó para salir del dormitorio.

—Si quiere hablamos la semana entrante, compadre —dijo el coronel.

—Eso le iba a decir —dijo don Sabas—. Tengo un cliente que quizá le dé cuatrocientos pesos. Pero tenemos que esperar hasta el jueves.

—¿Cuánto? —preguntó el médico.

—Cuatrocientos pesos.

—Había oído decir que valía mucho más —dijo el médico.

—Usted me había hablado de novecientos pesos —dijo el coronel, amparado en la perplejidad del doctor—. Es el mejor gallo de todo el Departamento.

Don Sabas respondió al médico.

«En otro tiempo cualquiera hubiera dado mil», explicó. «Pero ahora nadie se atreve a soltar un buen gallo. Siempre hay el riesgo de salir muerto a tiros de la gallera.» Se volvió hacia el coronel con una desolación aplicada:

—Eso fue lo que quise decirle, compadre.

El coronel aprobó con la cabeza.

—Bueno —dijo.

Los siguió por el corredor. El médico quedó en la sala requerido por la mujer de don Sabas que le pidió un remedio «para esas cosas que de pronto le dan a uno y que no se sabe qué es». El coronel lo esperó en la oficina. Don Sabas abrió la caja fuerte, se metió dinero en todos los bolsillos y extendió cuatro billetes al coronel.

—Ahí tiene sesenta pesos, compadre —dijo—. Cuando se venda el gallo arreglaremos cuentas.

El coronel acompañó al médico a través de los bazares del puerto que empezaban a revivir con el fresco de la tarde. Una barcaza cargada de caña de azúcar descendía por el hilo de la corriente. El coronel encontró en el médico un hermetismo insólito.

—¿Y usted cómo está, doctor?

El médico se encogió de hombros.

—Regular —dijo—. Creo que estoy necesitando un médico.

—Es el invierno —dijo el coronel—. A mí me descompone los intestinos.

El médico lo examinó con una mirada absolutamente desprovista de interés profesional. Saludó sucesivamente a los sirios sentados a la puerta de sus almacenes. En la puerta del consultorio el coronel expuso su opinión sobre la venta del gallo.

—No podía hacer otra cosa —le explicó—. Ese animal se alimenta de carne humana.

—El único animal que se alimenta de carne humana es don Sabas —dijo el médico—. Estoy seguro de que revenderá el gallo por los novecientos pesos.

—¿Usted cree?

—Estoy seguro —dijo el médico—. Es un negocio tan redondo como su famoso pacto patriótico con el alcalde.

El coronel se resistió a creerlo. «Mi compadre hizo ese pacto para salvar el pellejo», dijo. «Por eso pudo quedarse en el pueblo.»

«Y por eso pudo comprar a mitad de precio los bienes de sus propios copartidarios que el alcalde expulsaba del pueblo», replicó el médico.

Llamó a la puerta, pues no encontró las llaves en los bolsillos. Luego se enfrentó a la incredulidad del coronel.

—No sea ingenuo —dijo—. A don Sabas le interesa la plata mucho más que su propio pellejo.

La esposa del coronel salió de compras esa noche. Él la acompañó hasta los almacenes de los sirios rumiando las revelaciones del médico.

—Busca en seguida a los muchachos y diles que el gallo está vendido —le dijo ella—. No hay que dejarlos con la ilusión.

—El gallo no estará vendido mientras no venga mi compadre Sabas —respondió el coronel.

Encontró a Álvaro jugando ruleta en el salón de billares. El establecimiento hervía en la noche del domingo. El calor parecía más intenso a causa de las vibraciones del radio a todo volumen. El coronel se entretuvo con los números de vivos colores pintados en un largo tapiz de hule negro e iluminados por una linterna de petróleo puesta sobre un cajón en el centro de la mesa. Álvaro se obstinó a perder en el veintitrés. Siguiendo el juego por encima de su hombro el coronel observó que el once salió cuatro veces en nueve vueltas.

—Apuesta al once —murmuró al oído de Álvaro—. Es el que más sale.

Álvaro examinó el tapiz. No apostó en la vuelta siguiente. Sacó dinero del bolsillo del pantalón, y con el dinero una hoja de papel. Se la dio al coronel por debajo de la mesa.

—Es de Agustín —dijo.

El coronel guardó en el bolsillo la hoja clandestina. Álvaro apostó fuerte al once.

—Empieza por poco —dijo el coronel.

«Puede ser una buena corazonada», replicó Álvaro. Un grupo de jugadores vecinos retiró las apuestas de otros números y apostaron al once cuando ya había empezado a girar la enorme rueda de colores. El coronel se sintió oprimido. Por primera vez experimentó la fascinación, el sobresalto y la amargura del azar.

Salió el cinco.

—Lo siento —dijo el coronel avergonzado, y siguió con un irresistible sentimiento de culpa el rastrillo de madera que arrastró el dinero de Álvaro—. Esto me pasa por meterme en lo que no me importa.

Álvaro sonrió sin mirarlo.

—No se preocupe, coronel. Pruebe en el amor.

De pronto se interrumpieron las trompetas del mambo. Los jugadores se dispersaron con las manos en alto. El coronel sintió a sus espaldas el crujido seco, articulado y frío de un fusil al ser montado. Comprendió que había caído fatalmente en una batida de la policía con la hoja clandestina en el bolsillo. Dio media vuelta sin levantar las manos. Y entonces vio de cerca, por la primera vez en su vida, al hombre que disparó contra su hijo. Estaba exactamente frente a él con el cañón del fusil apuntando contra su vientre. Era pequeño, aindiado, de piel curtida, y exhalaba un tufo infantil. El coronel apretó los dientes y apartó suavemente con la punta de los dedos el cañón del fusil.

—Permiso —dijo.

Se enfrentó a unos pequeños y redondos ojos de murciélago. En un instante se sintió tragado por esos ojos, triturado, digerido e inmediatamente expulsado.

—Pase usted, coronel.

No necesitó abrir la ventana para identificar a diciembre. Lo descubrió en sus propios huesos cuando picaba en la cocina las frutas para el desayuno del gallo. Luego abrió la puerta y la visión del patio confirmó su intuición. Era un patio maravilloso, con la hierba y los árboles y el cuartito del excusado flotando en la claridad, a un milímetro sobre el nivel del suelo.

Su esposa permaneció en la cama hasta las nueve. Cuando apareció en la cocina ya el coronel había puesto orden en la casa y conversaba con los niños en torno al gallo. Ella tuvo que hacer un rodeo para llegar hasta la hornilla.

—Quítense del medio —gritó. Dirigió al animal una mirada sombría—. No veo la hora de salir de este pájaro de mal agüero.

El coronel examinó a través del gallo el humor de su esposa. Nada en él merecía

rencor. Estaba listo para los entrenamientos.
El cuello y los muslos pelados y cárdenos, la
cresta rebanada, el animal había adquirido
una figura escueta, un aire indefenso.

—Asómate a la ventana y olvídate del
gallo —dijo el coronel cuando se fueron los
niños—. En una mañana así dan ganas de sa-
carse un retrato.

Ella se asomó a la ventana pero su rostro
no reveló ninguna emoción. «Me gustaría
sembrar las rosas», dijo de regreso a la hornilla. El coronel colgó el espejo en el horcón
para afeitarse.

—Si quieres sembrar las rosas, siémbralas
—dijo.

Trató de acordar sus movimientos a los de
la imagen.

—Se las comen los puercos —dijo ella.

—Mejor —dijo el coronel—. Deben ser
muy buenos los puercos engordados con
rosas.

Buscó a la mujer en el espejo y se dio
cuenta de que continuaba con la misma expresión. Al resplandor del fuego su rostro parecía modelado en la materia de la hornilla.
Sin advertirlo, fijos los ojos en ella, el coronel
siguió afeitándose al tacto como lo había
hecho durante muchos años. La mujer pensó, en un largo silencio.

—Es que no quiero sembrarlas —dijo.

—Bueno —dijo el coronel—. Entonces no las siembres.

Se sentía bien. Diciembre había marchitado la flora de sus vísceras. Sufrió una contrariedad esa mañana tratando de ponerse los zapatos nuevos. Pero después de intentarlo varias veces comprendió que era un esfuerzo inútil y se puso los botines de charol. Su esposa advirtió el cambio.

—Si no te pones los nuevos no acabarás de amansarlos nunca —dijo.

—Son zapatos de paralítico —protestó el coronel—. El calzado debían venderlo con un mes de uso.

Salió a la calle estimulado por el presentimiento de que esa tarde llegaría la carta. Como aún no era la hora de las lanchas esperó a don Sabas en su oficina. Pero le confirmaron que no llegaría sino el lunes. No se desesperó a pesar de que no había previsto ese contratiempo. «Tarde o temprano tiene que venir», se dijo, y se dirigió al puerto, era un instante prodigioso, hecho de una claridad todavía sin usar.

—Todo el año debía ser diciembre —murmuró, sentado en el almacén del sirio Moisés—. Se siente uno como si fuera de vidrio.

El sirio Moisés debió hacer un esfuerzo para traducir la idea a su árabe casi olvidado. Era un oriental plácido forrado hasta el cráneo en una piel lisa y estirada, con densos movimientos de ahogado. Parecía efectivamente salvado de las aguas.

—Así era antes —dijo—. Si ahora fuera lo mismo yo tendría ochocientos noventa y siete años. ¿Y tú?

«Setenta y cinco», dijo el coronel, persiguiendo con la mirada al administrador de correos. Sólo entonces descubrió el circo. Reconoció la carpa remendada en el techo de la lancha del correo entre un montón de objetos de colores. Por un instante perdió al administrador para buscar las fieras entre las cajas apelotonadas sobre las otras lanchas. No las encontró.

—Es un circo —dijo—. Es el primero que viene en diez años.

El sirio Moisés verificó la información. Habló a su mujer en una mezcolanza de árabe y español. Ella respondió desde la trastienda. Él hizo un comentario para sí mismo y luego tradujo su preocupación al coronel.

—Esconde el gato, coronel. Los muchachos se lo roban para vendérselo al circo.

El coronel se dispuso a seguir al administrador.

—No es un circo de fieras —dijo.

—No importa —replicó el sirio—. Los maromeros comen gatos para no romperse los huesos.

Siguió al administrador a través de los bazares del puerto hasta la plaza. Allí lo sorprendió el turbulento clamor de la gallera. Alguien, al pasar, le dijo algo de su gallo. Sólo entonces recordó que era el día fijado para iniciar los entrenamientos.

Pasó de largo por la oficina de correos. Un momento después estaba sumergido en la turbulenta atmósfera de la gallera. Vio a su gallo en el centro de la pista, solo, indefenso, las espuelas envueltas en trapos, con algo de miedo evidente en el temblor de las patas. El adversario era un gallo triste y ceniciento.

El coronel no experimentó ninguna emoción. Fue una sucesión de asaltos iguales. Una instantánea trabazón de plumas y patas y pescuezos en el centro de una alborotada ovación. Despedido contra las tablas de la barrera el adversario daba una vuelta sobre sí mismo y regresaba al asalto. Su gallo no atacó. Rechazó cada asalto y volvió a caer exactamente en el mismo sitio. Pero ahora sus patas no temblaban.

Germán saltó la barrera, lo levantó con las

dos manos y lo mostró al público de las graderías. Hubo una frenética explosión de aplausos y gritos. El coronel notó la desproporción entre el entusiasmo de la ovación y la intensidad del espectáculo. Le pareció una farsa a la cual —voluntaria y conscientemente— se prestaban también los gallos.

Examinó la galería circular impulsado por una curiosidad un poco despreciativa. Una multitud exaltada se precipitó por las graderías hacia la pista. El coronel observó la confusión de rostros cálidos, ansiosos, terriblemente vivos. Era gente nueva. Toda la gente nueva del pueblo. Revivió —como en un presagio— un instante borrado en el horizonte de su memoria. Entonces saltó la barrera, se abrió paso a través de la multitud concentrada en el redondel y se enfrentó a los tranquilos ojos de Germán. Se miraron sin parpadear.

—Buenas tardes, coronel.

El coronel le quitó el gallo. «Buenas tardes», murmuró. Y no dijo nada más porque lo estremeció la caliente y profunda palpitación del animal. Pensó que nunca había tenido una cosa tan viva entre las manos.

—Usted no estaba en la casa —dijo Germán, perplejo.

Lo interrumpió una nueva ovación. El coronel se sintió intimidado. Volvió a abrirse paso, sin mirar a nadie, aturdido por los aplausos y los gritos, y salió a la calle con el gallo bajo el brazo.

Todo el pueblo —la gente de abajo— salió a verlo pasar seguido por los niños de la escuela. Un negro gigantesco trepado en una mesa y con una culebra enrollada en el cuello vendía medicinas sin licencia en una esquina de la plaza. De regreso del puerto un grupo numeroso se había detenido a escuchar su pregón. Pero cuando pasó el coronel con el gallo la atención se desplazó hacia él. Nunca había sido tan largo el camino de su casa.

No se arrepintió. Desde hacía mucho tiempo el pueblo yacía en una especie de sopor, estragado por diez años de historia. Esa tarde —otro viernes sin carta— la gente había despertado. El coronel se acordó de otra época. Se vio a sí mismo con su mujer y su hijo asistiendo bajo el paraguas a un espectáculo que no fue interrumpido a pesar de la lluvia. Se acordó de los dirigentes de su partido, escrupulosamente peinados, abanicándose en el patio de su casa al compás de la música. Revivió casi la dolorosa resonancia del bombo en sus intestinos.

Cruzó por la calle paralela al río y también allí encontró la tumultuosa muchedumbre de los remotos domingos electorales. Observaban el descargue del circo. Desde el interior de una tienda una mujer gritó algo relacionado con el gallo. Él siguió absorto hasta su casa, todavía oyendo voces dispersas, como si lo persiguieran los desperdicios de la ovación de la gallera.

En la puerta se dirigió a los niños.

—Todos para su casa —dijo—. Al que entre lo saco a correazos.

Puso la tranca y se dirigió directamente a la cocina. Su mujer salió asfixiándose del dormitorio.

«Se lo llevaron a la fuerza», gritó. «Les dije que el gallo no saldría de esta casa mientras yo estuviera viva.» El coronel amarró el gallo al soporte de la hornilla. Cambió el agua del tarro perseguido por la voz frenética de la mujer.

—Dijeron que se lo llevarían por encima de nuestros cadáveres —dijo—. Dijeron que el gallo no era nuestro sino de todo el pueblo.

Sólo cuando terminó con el gallo el coronel se enfrentó al rostro trastornado de su mujer. Descubrió sin asombro que no le producía remordimiento ni compasión.

«Hicieron bien», dijo calmadamente. Y luego, registrándose los bolsillos, agregó con una especie de insondable dulzura:

—El gallo no se vende.

Ella lo siguió hasta el dormitorio. Lo sintió completamente humano, pero inasible, como si lo estuviera viendo en la pantalla de un cine. El coronel extrajo del ropero un rollo de billetes, lo juntó al que tenía en los bolsillos, contó el total y lo guardó en el ropero.

—Ahí hay veintinueve pesos para devolvérselos a mi compadre Sabas —dijo—. El resto se le paga cuando venga la pensión.

—Y si no viene —preguntó la mujer.

—Vendrá.

—Pero si no viene.

—Pues entonces no se le paga.

Encontró los zapatos nuevos debajo de la cama. Volvió al armario por la caja de cartón, limpió la suela con un trapo y metió los zapatos en la caja, como los llevó su esposa el domingo en la noche. Ella no se movió.

—Los zapatos se devuelven —dijo el coronel—. Son trece pesos más para mi compadre.

—No los reciben —dijo ella.

—Tienen que recibirlos —replicó el coronel—. Sólo me los he puesto dos veces.

—Los turcos no entienden de esas cosas —dijo la mujer.

—Tienen que entender.

—Y si no entienden.

—Pues entonces que no entiendan.

Se acostaron sin comer. El coronel esperó a que su mujer terminara el rosario para apagar la lámpara. Pero no pudo dormir. Oyó las campanas de la censura cinematográfica, y casi en seguida —tres horas después— el toque de queda. La pedregosa respiración de la mujer se hizo angustiosa con el aire helado de la madrugada. El coronel tenía aún los ojos abiertos cuando ella habló con una voz reposada, conciliatoria.

—Estás despierto.

—Sí.

—Trata de entrar en razón —dijo la mujer—. Habla mañana con mi compadre Sabas.

—No viene hasta el lunes.

—Mejor —dijo la mujer—. Así tendrás tres días para recapacitar.

—No hay nada que recapacitar —dijo el coronel.

El viscoso aire de octubre había sido sustituido por una frescura apacible. El coronel volvió a reconocer a diciembre en el horario de los alcaravanes. Cuando dieron las dos todavía no había podido dormir. Pero sabía que su mujer también estaba despierta. Trató de cambiar de posición en la hamaca.

—Estás desvelado —dijo la mujer.

—Sí.

Ella pensó un momento.

—No estamos en condiciones de hacer esto —dijo—. Ponte a pensar cuántos son cuatrocientos pesos juntos.

—Ya falta poco para que venga la pensión —dijo el coronel.

—Estás diciendo lo mismo desde hace quince años.

—Por eso —dijo el coronel—. Ya no puede demorar mucho más.

Ella hizo un silencio. Pero cuando volvió a hablar, al coronel le pareció que el tiempo no había transcurrido.

—Tengo la impresión de que esa plata no llegará nunca —dijo la mujer.

—Llegará.

—Y si no llega.

Él no encontró la voz para responder. Al primer canto del gallo tropezó con la realidad pero volvió a hundirse en un sueño denso, seguro, sin remordimientos. Cuando despertó ya el sol estaba alto. Su mujer dormía. El coronel repitió metódicamente, con dos horas de retraso, sus movimientos matinales, y esperó a su esposa para desayunar.

Ella se levantó impenetrable. Se dieron los buenos días y se sentaron a desayunar en silencio. El coronel sorbió una taza de café negro acompañada con un pedazo de queso y un pan de dulce. Pasó toda la mañana en la sastrería. A la una volvió a la casa y encontró a su mujer remendando entre las begonias.

—Es hora del almuerzo —dijo.

—No hay almuerzo —dijo la mujer.

Él se encogió de hombros. Trató de tapar los portillos de la cerca del patio para evitar que los niños entraran a la cocina. Cuando regresó al corredor la mesa estaba servida.

En el curso del almuerzo el coronel comprendió que su esposa se estaba forzando para no llorar. Esa certidumbre lo alarmó. Conocía el carácter de su mujer, naturalmente duro, y endurecido todavía más por cuarenta años de amargura. La muerte de su hijo no le arrancó una lágrima.

Fijó directamente en sus ojos una mirada de reprobación. Ella se mordió los labios, se secó los párpados con la manga y siguió almorzando.

—Eres un desconsiderado —dijo.

El coronel no habló.

«Eres caprichoso, terco y desconsiderado», repitió ella. Cruzó los cubiertos sobre el plato, pero en seguida rectificó supersticiosamente la posición. «Toda una vida comiendo tierra para que ahora resulte que merezco menos consideración que un gallo.»

—Es distinto —dijo el coronel.

—Es lo mismo —replicó la mujer—. Debías darte cuenta de que me estoy muriendo, que esto que tengo no es una enfermedad sino una agonía.

El coronel no habló hasta cuando no terminó de almorzar.

—Si el doctor me garantiza que vendiendo el gallo se te quita el asma, lo vendo en seguida —dijo—. Pero si no, no.

Esa tarde llevó el gallo a la gallera. De regreso encontró a su esposa al borde de la crisis. Se paseaba a lo largo del corredor, el cabello suelto a la espalda, los brazos abiertos, buscando el aire por encima del silbido de sus pulmones. Allí estuvo hasta la prima noche. Luego se acostó sin dirigirse a su marido.

Masticó oraciones hasta un poco después del toque de queda. Entonces el coronel se dispuso a apagar la lámpara. Pero ella se opuso.

—No quiero morirme en tinieblas —dijo.

El coronel dejó la lámpara en el suelo. Empezaba a sentirse agotado. Tenía deseos de olvidarse de todo, de dormir de un tirón cuarenta y cuatro días y despertar el veinte de enero a las tres de la tarde, en la gallera y en el momento exacto de soltar el gallo. Pero se sabía amenazado por la vigilia de la mujer.

«Es la misma historia de siempre», comenzó ella un momento después. «Nosotros ponemos el hambre para que coman los otros. Es la misma historia desde hace cuarenta años.»

El coronel guardó silencio hasta cuando su esposa hizo una pausa para preguntarle si estaba despierto. Él respondió que sí. La mujer continuó en un tono liso, fluyente, implacable.

—Todo el mundo ganará con el gallo, menos nosotros. Somos los únicos que no tenemos ni un centavo para apostar.

—El dueño del gallo tiene derecho a un veinte por ciento.

—También tenías derecho a que te dieran un puesto cuando te ponían a romperte el cuero en las elecciones —replicó la mujer—. También tenías derecho a tu pensión de veterano después de exponer el pellejo en la guerra civil. Ahora todo el mundo tiene su vida asegurada y tú estás muerto de hambre, completamente solo.

—No estoy solo —dijo el coronel.

Trató de explicar algo pero lo venció el

sueño. Ella siguió hablando sordamente hasta cuando se dio cuenta de que su esposo dormía. Entonces salió del mosquitero y se paseó por la sala en tinieblas. Allí siguió hablando. El coronel la llamó en la madrugada.

Ella apareció en la puerta, espectral, iluminada desde abajo por la lámpara casi extinguida. La apagó antes de entrar al mosquitero. Pero siguió hablando.

—Vamos a hacer una cosa —la interrumpió el coronel.

—Lo único que se puede hacer es vender el gallo —dijo la mujer.

—También se puede vender el reloj.

—No lo compran.

—Mañana trataré de que Álvaro me dé los cuarenta pesos.

—No te los da.

—Entonces se vende el cuadro.

Cuando la mujer volvió a hablar estaba otra vez fuera del mosquitero. El coronel percibió su respiración impregnada de hierbas medicinales.

—No lo compran —dijo.

—Ya veremos —dijo el coronel suavemente, sin un rastro de alteración en la voz—. Ahora duérmete. Si mañana no se puede vender nada, se pensará en otra cosa.

Trató de tener los ojos abiertos pero lo quebrantó el sueño. Cayó hasta el fondo de una substancia sin tiempo y sin espacio, donde las palabras de su mujer tenían un significado diferente. Pero un instante después se sintió sacudido por el hombro.

—Contéstame.

El coronel no supo si había oído esa palabra antes o después del sueño. Estaba amaneciendo. La ventana se recortaba en la claridad verde del domingo. Pensó que tenía fiebre. Le ardían los ojos y tuvo que hacer un gran esfuerzo para recobrar la lucidez.

—Qué se puede hacer si no se puede vender nada —repitió la mujer.

—Entonces ya será veinte de enero —dijo el coronel, perfectamente consciente—. El veinte por ciento lo pagan esa misma tarde.

—Si el gallo gana —dijo la mujer—. Pero si pierde. No se te ha ocurrido que el gallo puede perder.

—Es un gallo que no puede perder.

—Pero suponte que pierda.

—Todavía faltan cuarenta y cinco días para empezar a pensar en eso —dijo el coronel.

La mujer se desesperó.

«Y mientras tanto qué comemos», preguntó, y agarró al coronel por el cuello de la franela. Lo sacudió con energía.

—Dime, qué comemos.

El coronel necesitó setenta y cinco años —los setenta y cinco años de su vida, minuto a minuto— para llegar a ese instante. Se sintió puro, explícito, invencible, en el momento de responder:

—Mierda.

París, enero de 1957.

M,